華月美蘭《はなつきみらん》
修二の許嫁である人気者の陽キャギャル。
幼少時のとある出来事をきっかけにして、
ずっと修二へ想いを寄せていた。
許嫁の話を進めたのも美蘭の希望によるもの。
修二……

修二〜っ！がんばれぇ〜っ‼
Cheer
Cheer
花子《はなこ》
美蘭のギャル友その1。
修二と美蘭、2人の恋を応援中。

俺を必死に応援する誰かの声。
聞き間違えるはずがない、大切な人の声……。
走りながら振り向くと、
そこには走っている俺よりも必死な、
みらんの姿があった。
阿月《あづき》
美蘭のギャル友その2。
修二に恋の後押しをすることも。
永沢修二《えいざわしゅうじ》

みらん、今はどこから
電話をかけてきてるの？
え？　お風呂だけど？
みらんの声は全て反響している。
バスタブの中で姿勢を変えるたびに、
水が跳ねる音も聞こえてくる。
ただそれだけなのに、
俺はガチガチに緊張して、
挙動不審になっていた。
みらんはそんな俺の様子を、
凄く楽しんでいるみたいだった。

ある日突然、ギャルの許嫁ができた 3

泉谷一樹

OVERLAP

CONTENTS

ONE DAY,

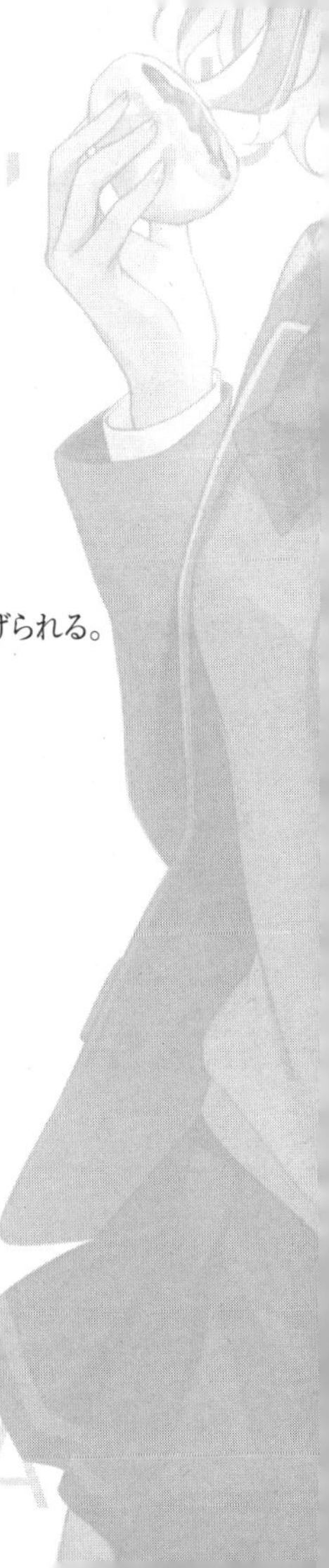

STORY

自他ともに認める陰キャ男子永沢修二。

彼はある日、両親より

「実はな、お前には許嫁がいるんだ……」と告げられる。

しかもその相手は、何かと修二に構おうとする

クラスのギャル・華月美蘭だった。

恋人として付き合い始めた2人は夏休みを満喫。

泊まりで海へ遊びに行ったり

夏祭りで花火を見たり

修二にとっては初体験のことばかり。

そして休み明けの学校で迎えた文化祭では

2人の仲はさらに進展し……？

イラスト　なかむら
キャラクター原案・漫画　まめぇ

I GOT A GA

プロローグ

夢を見た。

スーツを着た大人の俺が暗い道を歩いている——そんな夢。

「疲れたな……」

俺の足取りはふらふらだった。大人になった俺は朝からの激務で、身体《からだ》が鉛のように重くなっていた。

そんな状態でしばらく歩いていると、明かりのついた家が見えてくる。

「…………！」

ゲームのセーブ地点を見つけたかのように、その家の明かりに安堵《あんど》を覚え、歩調は自然と軽くなっていく。

最初とは打って変わり弾むような足取りで家にたどり着いた俺が、

「ただいま……」

と、玄関扉に手をかけ開けると——。

「お帰りなさい、あなた♪」

華やかで綺麗《きれい》な女性が出迎えてきた。

「えっとあの……!?」

俺はこの女性を――いや、女子を誰よりも知っている。

しかし、いつもよりも大人びていて――しかも美人すぎたので一瞬、誰だかわからなくなりテンパってしまう。

「修二《しゅうじ》の反応ウケる♪」

俺を見て、くすくすと笑う女性。

「み、みらん……?」

その見覚えのあるギャル感で、俺はようやく目の前の女性が『華月美蘭《はなつきみらん》』だと気付いた。

(な、なんで、みらんが俺を出迎えてくるんだろう!? あなたって……!?)

この段階で俺は、現実と夢との認識がごった煮になって混乱してしまっていた。

「…………」

ただ、混乱しながらも俺は目の前のみらんの姿にドキドキしてしまう。

大人びたみらんの美人さと色気はもちろん。そのみらんの服装も素晴らしく――フリルの付いたエプロンを着ていて、俺の思い描く、理想のお嫁さんのお出迎えの姿だったから。

現実も夢も関係なく、俺はただただ見とれてしまった。

「お疲れさま、修二♪」

「た、ただいま」

挙動不審になりながら挨拶を返す俺。

その俺から鞄《かばん》を受け取ったみらんは、笑みを浮かべて問いかけてきた。

「ご飯にする？　お風呂にする？　それとも――」

少し間を空けたみらんは、頬を染め上目遣いで言葉を続けた。


「……あたし？」


その言葉と表情に、俺は心臓に銃弾を撃ち込まれたかのような衝撃を受けた。

もちろん、オタクの俺にはわかっている。これは漫画やアニメでよくネタにされる定番のセリフだ。

しかし実際に目の前で、しかも大人びた美女にされると、とんでもない破壊力があった。

「えっとあのその……！」

いろんな衝撃が強すぎて、わなわなとさらに挙動不審になってしまう俺。

もちろん、そんな愛らしい選択肢を出されたら、出すべき答えは決まっているが……！

す、素直に言っていいものなのか……!?

陰キャオタクのシャイボーイがゆえに言葉に詰まってしまう。

「どうするの……修二？」

照れながらもじもじと訊《き》いてくる、みらん。

「そ、それは……もちろん――」

俺は照れと恥ずかしさをさらに感じつつも意を決し、答えようとして――。


「――――!?」

窓から差し込む眩《まぶ》しい太陽の光。

ガバッと上体を起こした俺の前に広がるのは……なんてことのない陰キャ感溢《あふ》れる自分の部屋の光景だった。

「やっぱり夢かぁ……」

寝起き早々に大きなため息を吐《つ》いてしまう。

夢だとわかっていたが、目覚めてしまったことに凄《すご》く残念感がある。

「今から寝たら続きが見られるかな……？」

なんて急いで横になってみるが、夢の中のドキドキが残っていて寝付けそうになかった。

もう一度、盛大にため息を吐く俺は仕方なく起きることにする。

性懲りもなく夢の内容を反芻《はんすう》していると気付けば登校する時間になっていて、階下から母さんが俺を朝食に呼ぶ声が響いてきた。

「みらん可愛《かわい》かったなぁ」

大人のみらんの姿を思い出しながら制服を着て、学校の支度をする。いつもは気だるいけれど、今日は登校することにワクワクしている自分がいた。

「よし、準備バッチリだな！」

大人なバージョンではないけれど、学校に行けば今のみらんに会うことができる。

そう思うと自然と心も身体も軽くなる気がした。

「行ってきまーす！」

両親と朝食を食べ終えた俺は、登校する。

季節はすっかり秋模様。

紅葉した木々を見つつ、通学中の暇つぶしに考えるのはやはり――。


『お帰りなさい、あなた♪』

理想のお嫁さんの姿でみらんが出迎えてくれた夢。

昔の俺だったなら虚《むな》しさで逆に身体が重くなったかもしれない。

みらんに苦手意識を抱いていた頃の俺だったなら。

ギャルのみらんを全く別世界の住人だと思っていた頃の俺だったなら。

しかし──今は虚しさではなく、現実味を感じる。

なぜなら華月美蘭は俺の恋人であり許嫁《いいなずけ》だから。

つまり、今日見た夢は、将来の光景とも取れるわけで──。

「将来は、みらんが俺のお嫁さんになるのか……」

そんなことわかっているつもりではあるのだけれど……口にしてみると何とも言えない重みを感じた。

「お嫁さんかぁ……」

高校二年生の俺としては『許嫁』とか『お嫁さん』というものに対して、まだどこかでふわっとしてしまうところがある。

けれど今日の夢を見たことで、将来のことを意識せざるを得ない。

「みらんと結婚して……一緒に暮らす……」

そのことを考えると顔が熱くなった。

「みらんと顔を合わせたら、なんか照れちゃいそうだな……」

もちろん、今日の夢のことはみらんに言うつもりはない！

恥ずかしすぎるから……！

万が一にも不自然に思われて訊かれたりしないように、表情には気を付けないと……！

「…………」

顔と気持ちを引き締める俺は、秋風を感じながら学校へと足を進める。

許嫁のギャルと会えるワクワクから、いつもより足取りは軽かった。

一話　進路

足取り軽く学校に到着した俺は、廊下を歩き教室へ向かう。

夏の暑い頃は登校した時点でじっとりと汗をかいていたが、十月のこの時期は暑くも寒くもなく、とても過ごしやすい。

ゲーム機とパソコンで電気を使いまくるオタクとしても、冷房で親から電気代のことをねちねち言われなくて済むから、有り難い時期でもある。

「…………」

いつもの習慣で気配を消して教室に入る俺は、そのまま目立たずに自分の席へ向かうのだが……。

「おはようー」「うぃーす」

クラスメイトから軽い挨拶が飛んできて、挙動不審気味に俺は「お、おはよう……！」とぺこぺこ挨拶を返した。

文化祭の後からこうやって挨拶してもらえるようになったのだけれど、万年陰キャにとっては未《いま》だに慣れないものだ。

「ふぅ……」

おっかなびっくり席に着いた俺は息を吐いて教室の中を見渡す。

三年生は大学受験を控えて追い込みの時期だけれど、まだ二年生ということもあって、俺の周りにそこまで焦っている人はあまりいない。

それに加えて文化祭という大きなイベントが終わった反動から、教室の中には未だに生ぬるい弛《ゆる》んだ空気が漂っていた。

うん。この中途半端な空気……嫌いじゃない！　陽キャが騒がないし！

やはり気候的にも空気的にも陰キャにとっては、過ごしやすい時期だ。

「さてと……」

ひんやり冷たい机に頭を乗せて、いつものルーティンで寝たふりを決め込む。

文化祭以降、挨拶はされるようになったが、俺としてはそこまで積極的に話しかけられたいとは思っていないので、このルーティンは欠かせない。

教室の弛んだ空気に同化していると、クラスメイトたちの文化祭の思い出話が耳に入ってきて、俺の脳裏にもその時の光景が浮かんだ。

「大変だったけど……みらんのメイド服は、可愛かったなぁ」

つい感慨深く小声で呟《つぶや》いてしまう。

文化祭でメイド喫茶の監修をやらせてもらえたのは思ったよりも楽しかったけれど、陰キャの俺には疲れることも多かった。

それでも、みらんのメイド姿を間近で見ることができて本当に良かったと思う。

それに後夜祭ではキスまでしたわけで――。

「…………！」

思い出すと顔が熱くなってしまう。

そこから連鎖して、今朝見た夢のみらんも思い出してしまうわけで――。


「おはようっ、修二《しゅうじ》！」

「――わっ!?」


聞き慣れた明るい声に、びくりと飛び跳ねてしまう。

「み、みらん!?　お、おはよう……！」

思い出でもなく夢でもない本物のみらんが目の前にいた。

登校して一番に俺のところへ来てくれたのは嬉《うれ》しいが、今日に限っては心臓に悪い。

「驚きすぎてウケるｗ」

イタズラっぽく楽しそうに笑うみらん。

その表情が夢で見た大人のみらんの笑顔に重なって、俺はまたドキドキしてしまう。

髪の毛は星をちりばめたように輝いているし、肌はきめ細かで透き通ってるし……。

本当に、俺にはもったいないぐらい非の打ち所がない許嫁だ。

「修二、顔が真っ赤だよ？　風邪？」

その綺麗《きれい》な顔をぐっと近づけてくるみらんに、俺は慌てて首をぶんぶんと左右に振った。

「ち、違うよ！　全然、なんでもないから！　めっちゃ元気だよ！」

何も悟らせないように、とりあえず元気さをアピールする。

「そう？　朝から修二が元気なのって珍しいね♪」

安心したように笑ってくるみらんは、今日も最高に可愛い。

ただ、このままだとボロが出てしまいそうなので違う話題を振ろうとして――。

「みらんと、みらんの彼ピ、おっはー」

「今日も仲いいねー」

みらんのギャル友達、花子《はなこ》さんと阿月《あづき》さんが登校してきた。

「ねぇーちょっと聞いてよ、みらーん――」

そのまま二人はまっすぐにこちらへ向かってきて、陰キャである俺の席の周りは、あっという間にギャルたちのたまり場になった。

このメンツで夏休みに旅行へ行ったことは記憶に新しく、なんなら今ではＲＥＩＮのグループも作っている。

万年、陰キャボッチだった頃の俺が聞けば、卒倒してしまうレベルの変化だと思う。

ひとまずギャルが集まれば自然と話題は二転三転ところころ転がってくれるわけで、俺は邪魔しないように雑談に耳を傾ける。

「そういえばさー、もうちょっとで体育祭じゃんねっ！」「めっちゃ楽しみー」「今年はめっちゃ気合入れよー」

そんな話題がギャルたちの口から出てくるのを聞いて、俺は内心で青ざめる。

そうだった……。油断していたが、そんなイベントもあったっけ……。

学園イベントは今まで基本心を無にして過ごしていたので失念していたが、俺の通う高校は文化祭の後に体育祭が控えているんだっけ……。

「あ、応援団の募集そろそろ始まるよね！」「みらん、どうするー？」

ギャル友の問いかけに、みらんは「うーん……」と少し考え込んでいた。

応援団……？

応援団って、陽キャの中でもさらに選ばれた者しか入れない幻の陽キャ軍団だっけ。

やっぱりみらんたちも応援団に入りたいのだろうか？

訊《たず》ねてみようかと思ったところで、ちょうどチャイムが鳴ってしまった。

「修二、またあとでね！」

笑顔を向けたみらんは、手を振って離れていく。

その様子があまりに可愛《かわい》くて、その疑問は俺の頭から飛んでいった。

その後は、普通に授業を受けて、いつも通りの学校生活を過ごした。

そのまま平穏に終わるかと思いきや——帰りのホームルームで、体育祭とは別のことで頭を悩ませることになる。

「時間はいっぱいあると思っているかもしれないが、実は一瞬で過ぎていくんだ。いいか、お前たち！　将来のことを真剣に考えるように！」

そう担任が説教臭い言葉を口にしたかと思えば、「進路希望」と書かれた一枚のプリントを配ってきた。

「進路か……」

進路希望のプリントを持つ俺はぐるぐると考えてしまう。

同じものは、一年生の時にも配られた。

その時は何も思うことなく適当に「進学」に丸をつけて、何も考えずに知っている大学名を書いて出したっけ。

でも……今は、許嫁のみらんがいる。

『許嫁』ということは将来、結婚するということで……。

結婚して一緒に生活をしていくためには、仕事をしないといけないわけで……。

就職か、進学か……。

就職と言ってもやりたい仕事があるわけでもないし、そもそも就職先があるかも謎なところだ。

進学も、最終的には就職に役立たせるものであるということを考えると、昔みたいな適当な選択は許されない。

みらんとの将来のために真剣に進路を考えないといけないわけで……。

「今朝見た夢って……これを暗示してた……？」

ふと——夢の中で疲れ切って歩いていたスーツ姿の自分を思い出す。

未来の自分の姿に不安を覚える俺は、進路希望のプリントを見つめてさらに思い悩んでしまう。

「ちゃんと考えないとな……」

先生の言う通り、油断していたらあっという間に時間は過ぎてしまう気がする。夏休みも最初はいっぱいあると思うのに、気付いたらラスト数日になってるもんな……。

「はぁ……」

将来に対しての焦りと不安が急激に襲いかかってきた気分でため息を吐《つ》いてしまう。

「それに……みらんはどう考えているんだろう？」

みらんの席に目を向ける俺はそんな疑問を抱く。

プリントを手に持って見つめる許嫁《いいなずけ》のギャルは特に悩んでいる様子はなく、見た感じいつも通りだった。

許嫁の話を親に進めてほしいって言ってくれたのは、みらんだ。

ということは俺と将来結婚したいと思ってくれている……ということのはずで、ただ、それ以外のことは何も聞いたことがない。

みらんは、将来のこと……どこまで考えているんだろうか？

大事な許嫁のお陰で、俺も少しずつ成長できているとは思う。

ただ、将来に対して自信を持てない——それどころか真剣に考えたことがなかった陰キャな俺は、今更ながらうじうじ悩んでしまった。


でも、そんな空気も吹き飛ばせるからこそ、陽キャは陽キャなのかもしれない。

「ねぇ、修二！　修二は進路希望、どうするの？　なんて書いて提出する？」

放課後。学校からの帰り道。

みらんと一緒にカフェでデートしていると、今日の「進路希望」の話題になった。

俺が悩んでいるのを察してくれたのかもしれない。

明るく優しい笑顔で訊《き》いてくれたみらんに、俺は正直に自分の煮え切らない想《おも》いを話した。

「実は……今まで真剣に考えたことってなかったんだ……」

「そうなの？　修二のことだから、いっぱい考えてると思ってた」

「いや全然、考えてなかったよ」

苦笑する俺は、咳払《せきばら》いをしてから真剣な表情で言った。

「でも、今は大事なことだと感じていて、どうするか凄《すご》く悩んでる」

俺とみらんの二人の未来にとって大事なこと……。

含んだ言葉の意味をくみ取ってくれたのか、みらんが頬を染めて微笑《ほほえ》んできた。

「ありがとう、修二」

「いや……お礼を言うのは俺の方だよ」

みらんがいなければ、俺は将来に対して真剣に考えることなんてなかったかもしれない。

この大事な許嫁を幸せにできる大人にならないといけないな……。

そんな想いを抱いてみらんを見つめること数秒。

なんだか照れ臭くなってくる俺は、咳払いと共にみらんに訊いた。

「そ、そういえば、みらんは進路希望……どうするの？」

「あたし？　あたしはね、大学に進学する予定だよ」

大学に進学か……。

みらんのことだから、俺とは違ってちゃんと考えた上での選択な気がする。

「みらんは大学から先のことって、決めてるの？　将来の夢、とかある？」

「将来の夢はね……えっとね……」

明るく話していたみらんが口籠る。顔を赤くして、恥ずかしそうにテーブルの上で綺麗な指先をもじもじし始める。

そのみらんの態度に俺は息を呑《の》み、緊張をほぐすためにドリンクに手を伸ばす。

あの天真爛漫《てんしんらんまん》な陽キャギャルが口籠るなんて、一体どんな夢なんだ……!?

いや、みらんがどんな夢を持っていたとしても、俺は受け止める……！

そう覚悟を決めた時、みらんが照れながら口にした。

「将来の夢は……修二のお嫁さん、かな？」


「っ、ぶほっ!?」

ドリンクを飲み込んだ直後だった俺は、盛大にむせた。

その俺の反応に、みらんはくすくすと楽しそうに笑っている。

冗談かと思ったが……みらんの頬が赤く染まっているのを見ると本気で言ったようにも

思えた。いや、そもそも許嫁である以上、本当に起こり得るわけで――。

陰キャオタクのキャパがパンクしかけている中、みらんが言葉を続けてきた。

「ただ、あたしも将来、やりたい仕事とかは真剣に考えたことがないんだよね」

「そ、そうなんだ」

ようやく落ち着いた俺に、みらんが問いかけてきた。

「修二《しゅうじ》は、やってみたい仕事とかってある？　将来の夢とかってあった？」

「ん～……小さい頃は、スポーツ選手とか、動画の配信者とかにぼんやり憧れたことはあったけど……」

スポーツ選手はともかく、動画配信者の方はみんなの間で流行《はや》っていたから、という安直な理由だったから、カウントに入れるのは微妙かもしれない。

「どちらも、あまり現実的じゃなくてさ……というか、そもそも自分が働くということが、イメージできないし……」

その俺の言葉にみらんは共感するように頷《うなず》いてきた。

「うんうん、わかるー。あたしも自分が働いている姿って、まだあまりイメージできないんだよね」

俺とは違って、みらんならどんな仕事でもそつなくこなせそうな気がするけどな……。

明るく働く許嫁の姿を夢想していると、みらんが未来を思い浮かべるように言ってきた。

「修二も大学に行って、やりたいことを探していく感じになるのかな？」

「そうだね……今のところ、その可能性は高いかも？」

将来の選択肢を増やすために大学に行くんだ、とホームルームで担任の先生が昔に言っていたような気がする。でもそれだけで本当に自分の選択肢を見つけられるのか不安な気持ちも湧いていた。

「あたし、修二と同じ大学行きたいかも♪」

「同じ大学……」

みらんと一緒に大学に通う自分の姿を思い浮かべる。

仕事のことは置いておいて、その光景は悪くないと思う俺の脳裏に、ふと自分の成績がよぎった。

「ひとまず……俺は勉強をちゃんとしないといけないね」

「今度一緒に勉強会しよー♪」

その後も、みらんと進路についての話は続き――。

改めて俺は、将来について真剣に考えて行動しないといけない、と感じた。

とはいえ、感じるだけで変われるなら、苦労はしないわけで……！

「よしっ！　ボス撃破&レベルアップ！」

家に帰って自室に戻った俺は、速攻でオタクモードに戻っていた。

部屋に入り、パソコンの電源をオン。同時に携帯ゲーム機もスイッチを入れる。全く無駄のない流水のごとき動きだった。

ゲームのレベル上げをしながら、俺はネットサーフィンを進めていく。

「あっ！　このシリーズ、やっと新作が出るんだ……!?」

情報が途絶えていたゲームの新情報と発売時期に目が留まった。

「冬発売……ってことは年内か」

誰もが知っている大作の新作だ。

ゲーマーとして、購入しない選択肢は存在しない……！

「でも、金欠なんだよな……」

陽キャは洋服や美容院などの身だしなみや、屋外での遊びやイベントなどでお金がかかるが、陰キャもそれに負けないくらいお金はかかる。漫画、ゲーム、ラノベ……欲しいものは山ほどあり、それらの新作は随時発売されていくので尽きることはない。

そんな中、俺の資金源は親から貰《もら》えるお小遣いだけだ。

「夏の旅行の出費もあったし、デートの時にも小遣いを前借したからなぁ……」

俺の金欠度合いは、なかなかに深刻だった。

「望みは薄そうだけど、もう一度前借できないか頼んでみるか……」

お小遣いを前借するためのシミュレーションを脳内で繰り広げてみる。

何度かのシミュレーションを経てうまく前借できそうな気がしてきた時だった。

「修二！　ご飯よ！」

不意にすぐ背後から声をかけられて俺は「わっ!?」と飛び上がった。

「か、母さん、ノックは……？」

ムッと睨《にら》みつけるが、犯人は全く悪びれた様子はなかった。

「何度もしたわよ。ぶつぶつ一人で呟《つぶや》いていて、ついに変になったのかと思ったわ」

「そ、それは……余計なお世話だよ」

「さぁ、早く下りてきなさい！」

文句たらたらの俺だが、頼みごとをしないといけないのでグッと堪《こら》えて素直にリビングに下りた。

父さんは仕事で遅くなるらしく、母さんと二人きり。

夕飯を食べている間、俺はお小遣いの前借を切り出すタイミングを窺《うかが》っていた。

「どうしたのよ修二。ただでさえ怪しい顔をしているのに、今日はいつもの五倍ぐらいヤバいわよ?」

「いやいや、それは言いすぎでしょ」

話を切り出すタイミングを窺っていたとはいえ、さすがの俺もそんな変な顔はしていない。していない……はずだが、母さんはガチめに心配をしてきた。

「修二、学校でもそんな変な顔していないでしょうね? みらんちゃんが、かわいそうだわ」

「してないよ! 本気で心配するのやめてくれない?」

若干不安になり顔をさする俺に、母さんが訊《たず》ねてきた。

「そういえば修二、みらんちゃんとは最近どうなの? ちゃんと仲良くやっているの?」

「心配しなくても、今日も一緒にカフェに行ってきたよ……」

「カフェ、いいわね〜。みらんちゃんにはぴったりだわ」

なんだか「には」の部分が強調気味だった気がしたけど、まあ触れないでおく。

それよりも話題のタイミング的にここだと思った俺は、前借の話を切り出した。

「だけど、最近金欠でさ。前借した分は、夏の旅行でなくなっちゃったし——できれば、また前借をお願いしたいんだけど……」

「そのお金でゲームを買うわけね? 冬発売の新作を」

「なっ——?」

図星を的確に指されて俺は閉口した。

「パソコンの画面に『冬発売！』って、でっかく載ってたわね」

「うっ……」

がっつり俺のパソコン画面は見られていたわけか……。夕飯が近くなったらパソコンの検索内容には気を付けよう……。

「まぁとはいえ、お小遣いの前借の相談に乗ってあげてもいいけどね」

「えっ、ほんと？」

「母さんも鬼じゃないから。みらんちゃんと遊ぶにもお金はいるだろうし」

「それじゃあ――」

と、お言葉に甘えようとする俺に母さんは心配げに訊いてきた。

「でも修二、今、前借しちゃって大丈夫なの？」

「大丈夫って、何が？」

「前借しても構わないけど、みらんちゃんの誕生日とか、イベントとか色々控えているんじゃないの？　その時に困らない？」

誕生日――。

その言葉を聞いて、俺はハッとなった。

「そうだ……みらんの誕生日って、確か！」

世の中には様々な記念日やイベントが存在するが、その中でも誕生日というのは陰キャ陽キャ関係なくおめでたい日である。しかしながらも、陰キャに加えてボッチ属性を付与されている俺にとっては他人の誕生日は興味がないものであり、ほとんど覚えていなかった。

そんな俺でも、みらんの誕生日は覚えていた。

——12月24日。クリスマスイブ。

それが、みらんの誕生日だ。

本人から直接誕生日を聞いたことはないけれど、俺は一年生の頃に、みらんがいろんな生徒から誕生日プレゼントを貰っている姿を見ていた。

それは去年のクリスマスイブの日——。

「みらんちゃん、おめでとーっ！」

いつも人に囲まれているみらんだけど、その日は特に大勢の陽キャに囲まれていた。

廊下はその人だかりで通れなくて、俺は遠回りするのがダルく、離れたところで人が散るのを待っていた。

「キーホルダー買ってきたんだ！　オレだと思って大切にしてよ！」

同級生から先輩まで……陽キャ男子たちもこぞってみらんにプレゼントを渡していた。

あの頃の俺は、みらんが自分の許嫁《いいなずけ》になるだなんて夢にも思っていなかったので、ただただその光景に圧倒されていた。

なんなら人気者のギャルは、誕生日までも陽キャ属性なんだと感心したほどだ。

それからようやく人が散り始め、その廊下を気配を消しながら通り過ぎようとした俺に、

「あ！　待って——！」

と、みらんが慌てた様子で声をかけて言ってきたのだ。

「これは別に、ただの普通の誕生日プレゼントだから！」

「えっ？　あ、う、うん……？」

あの時は意味がわからず首を傾《かし》げるだけの俺だった——。

しかし、今なら理解できる。

クリスマスプレゼントとは、関係ない。

特別な贈り物を受け取ったわけではない。

たぶん、あの時みらんは俺にそう伝えたかったんだ。

「修二《しゅうじ》……突然ニヤついて……。さっきよりもヤバいわよ」

あの時のことを思い出した俺は、ニヤついてしまっていたらしい。

母さんのドン引き顔で現実に引き戻された俺は、咳払《せきばら》いをして急いで真顔に戻した。

「みらんの誕生日はクリスマスイブなんだ」

「それぐらい知ってるわよ。だから訊《き》いているのよ。今から前借していて大丈夫かって」

「そ、そうだよね……」

誕生日と言えばプレゼント。誕生日じゃなかったとしても、恋人である以上クリスマスにはプレゼントが必要なわけで……。なんなら、みらんの場合は二つを兼ねた強力なプレゼントが必要になってくるわけで……。

「ミランにプレゼントを用意しないと……！」

新作のゲームどころじゃない。

今の調子でお小遣いを前借して浪費していったら、資金的にプレゼントを用意できなくなる可能性がある。

そもそも何をプレゼントしたらいいかもわからないし、どれぐらいお金がかかるかも未知数だ。

仮にお小遣いを前借しまくってプレゼントを用意したところで、それは彼氏として誇れるのかも謎だ。

どうしようか……。

控えているみらんの誕生日に考えを巡らしていると、玄関扉が開く音がした。

「ただいまー。帰ったぞー」

「あら。お帰りなさい」

仕事から帰ってきた父さんがリビングに入ってきた。

俺の父さんはどこにでもいるような普通のサラリーマンだけど、スーツを着ている姿は、部屋着の時よりもピシッと見える。

「父さん……お帰り」

仕事終わりで疲れた様子の父親の姿に、ふと、今朝見た夢の自分が……未来の自分の姿が少し重なった。

……いや、俺はまだ働いたことなんてない。

実際に家族を養って守っている存在に今の自分を重ねるのは……おこがましいかもしれない。

「なんだ修二。いつもの五倍ぐらい変な顔をして……」

母さんと似たような発言が飛んできて、俺は抱いた尊敬の念を撤回した。

「あ、そうだったわ。修二、前借の話、結局どうするの？」

話を戻してくる母さんに、俺は首を横に振った。

「……いや。ちょっと、考えるよ」

それから食事を終えた俺は部屋に戻る。

「さてと……」

お金。プレゼント。将来の夢。家族。みらん……。

考えないといけないことがたくさんある。

昔の俺だったら悩みすぎて頭を抱えているだけだったかもしれない。

しかし、みらんとの触れ合いの中で成長できたからなのだろう……俺の中にある言葉が浮かんできていた。

それは昔の俺だったら絶対に取らなかった選択肢——。


「アルバイトをしよう……！」


俺は高校生だ。働こうと思えば働ける。

ただ面倒臭いし、怖いし不安だし……で今までやろうとは思わなかった。

だけど、将来のことを考えると経験しないといけない気がする。それに何よりお金も必要だし。

「自分で稼いだお金で、みらんに誕生日プレゼントを贈ろう……！」

それが悩んだ末に、導き出した選択肢と答え。

覚悟を決めた俺は、開いたままだったゲームの新作情報のページを閉じ、近所のアルバイト情報について調べ始めた。

＊＊

翌日――。

学校に着いた俺は珍しく、ルーティンである寝たふりをせずにスマホを触り続けていた。

スマホの画面には昨日から調べ続けているアルバイト情報がずらりと並んでいる。

ちなみに昨日は寝ていないので、目はバッキバキだ。

アルバイトがあまりにも未知数すぎて、一度調べ始めたら夢中になってしまい眠れなかった。

「高校生にもできるアルバイトはたくさんあるんだけど、ありすぎるのも困りもんだよなぁ……」

コンビニやスーパー、新聞配達に清掃業……。

検索してみると、本当にたくさんのアルバイト情報が出てきた。

でも……どれが自分に合うかわからない。

仕事内容と自身の適性についても悩むし、初めてのアルバイトなので、できることなら初心者にも優しい職場でスタートしたいし……。

「最初のアルバイトで酷《ひど》い目に遭って……二度と働けなくなったっていう体験談もあるしな……」

調べれば調べるほど、『この仕事のきついところ』なんて情報も出てきて、気後れしてしまう。

良いところが書いてあっても、マイナスな話の方が強烈なことが多いから、迷ってしまい一向に決められない。

「やっぱりこれはやめておいて……これとか……んー」

という具合に探しているうちに、いつの間にか朝になって今に至るわけだ。

情報をスクロールし続けるだけで、なかなか見つけられる気がしなかった。単純に俺が臆病なだけなのかもしれないけど……。

「修二、おはよう！」

スマホと睨《にら》めっこしている俺の耳に、明るくて涼しい声が飛び込んでくる。

「みらんの彼ピ、おはー」

「あれ彼ピ、今日は珍しく寝てないじゃんｗ」

顔を上げるとみらんと、花子《はなこ》さんと阿月《あづき》さんが一緒に登校してきたところだった。

「おはよう……！」

挨拶を返すが、徹夜で思ったより声がかすれていた。

そんな俺の顔を見たみらんが、心配そうに眉を八の字にして訊《たず》ねてきた。

「修二、もしかして寝てない？　何か調べ物？」

「いやその……」

話すべきか少し迷う。

しかし、隠してもすぐにバレるであろうことは火を見るよりも明らかなので、俺は正直に伝えた。

「実は、アルバイトを探してるんだ」

「修二、アルバイトするの!?」

目をまん丸にするみらん。

ギャル友二人も驚いたように顔を見合わせていて、俺は苦笑した。

「とはいえ、全然、候補を決められてないんだけどね……」

「それで真剣に調べていたんだね」

納得するように頷《うなず》くみらんは、そのまま首を傾げた。

「でも、どうしてアルバイトを始めようと思ったの？」

「そ、それは……」

みらんの誕生日プレゼントを用意するため――ということを正直に言うほど俺はバカじゃない。いくらキングオブ陰キャな俺でも、サプライズの大切さくらいは知っている。

できれば、当日まで隠しておいて……それでみらんをびっくりさせて、喜んでもらいたい。

「ちょ、ちょっと、買いたいものがあるんだ！　それに、社会経験というものも積んでみたいしさ……！」

だいぶ無理のある俺の誤魔化しだが――。

「そっかぁ！　修二、えらいね♪　カッコいい！」

みらんは真に受けてくれたみたいで、満面の笑みで応援してくれた。

しかし、花子さんと阿月さんは何かを察したようにニヤニヤと笑っている。嫌な予感がした俺だったが、やはり的中していた。

みらんが他の生徒に呼ばれて席を外した際に、二人が小声で言ってきた。

「彼ピ～、本当はアレでしょ？」

「みらんの誕プレ買うためにバイト探してるんだよね？」

二人にはしっかりバレていた。

誤魔化そうとしたが、俺が何かを言う前に二人は確信したように口を開いた。

「やっぱりね～」

「彼ピ、顔に出すぎてウケる」

俺は長年自分はポーカーフェイスだと信じて疑わなかったのだが、どうやら違うみたいだ。

「サプライズしたいから……みらんにはこのこと黙っていてくださいませんでしょうか」

「もちろん♪」

「なんなら誕プレ選び手伝うよー」

伏してお願いする俺に二人は快く頷いてくれた。

ギャル友にはバレてしまったが、結果、協力者を得られたのでこれはこれでよかったのかもしれない。

「なになに？　なんの話してるの～？」

席に戻ってきたみらんが、俺たちの様子を見て不思議そうに訊ねてくる。

「いやあの……アルバイトのことでね……」

俺はこほんと咳払いをして、無理やり話題の軌道調整をした。

「みらん、よければアルバイトの相談に乗ってもらえないかな？　俺一人じゃなかなか決められなくてさ」

「あたしでよければ、全然いいよ」

頷いてくれるみらんに、俺は嬉《うれ》しく思う。

「花子さんと阿月さんからも……ぜひ、アドバイスを貰《もら》いたいんだけど」

ギャル友二人にもお願いする。

二人も頷いてくれるが、どこか悩ましい顔をしていた。

そんな中、花子さんが問いかけてきた。

「アドバイスって、どんなこと訊《き》きたいの？」

「えっと、おすすめのアルバイトとか……？　初心者に向いてそうな仕事とか教えてもらえると嬉しいんだけど……」

「うーん……って言っても、うちらもバイトしたことないんだよね～」

花子さんは阿月さんとみらんを見た。

同意するように二人は頷いていて、俺は軽く衝撃を受ける。

「そ、そうなんだ」

陽キャと言えばアルバイト、みたいな勝手なイメージを持っていたけど、ただの思い込みだったらしい。

花子さん、阿月さん、みらん。

三人とも俺と同じで、アルバイト経験はなかった。

うちの高校は許可さえとればアルバイトはできるけど、阿月さんの話では、実際にやっている人は少ないらしい。

「ごめんね、修二《しゆうじ》。あまり力になれそうになくて……」

しょんぼりするみらんに俺は慌てた。

「いやいや、そんなことないよ、みらん……！　話を聞いてくれるだけでめっちゃ助かるんだ」

これは本当で、俺一人だったらずっと悩んで前に進めないと思う。

ギャル三人は経験がない代わりに、真剣に俺のアルバイトについて考えてくれた。

「彼ピの言うようにさ、いきなり知らないところでバイトするのは不安ヤバそうだよね」

「もしバイトするなら、バイトに詳しい人と絡んでおきたいよね～」

「修二のことを知っていて、アルバイトの経験がある人っていないのかな？」

「俺の周りにそんな人……いないね」

一応考えたが誰も浮かんでこなかった。

これが万年ぼっちの弱みだ。

まあ、そもそもうちの高校はバイトしている人が少ないみたいなので、ギャル三人からもなかなかこれといった人が出てこない。

「経験者探しは……一旦置いておこうか……」

そう俺が諦めかけた瞬間、みらんがハッとした顔をした。

「ねぇ、修二。ひかりに相談してみない？」

「え、ひかりさん？」

思わぬ人物の名前が出て、俺は少し驚く。

「この前、ひかりに会った時にアルバイトしてるって言ってたの」

「そ、そうなんだ……」

確かにそれならば、俺のことを知っていてアルバイトの経験があるという条件を満たしてはいる。

しかし彼女からアドバイスを貰うのはなんだか怖いような……。

そう逡巡《しゅんじゅん》していると、花子さんと阿月さんが首を傾《かし》げてきた。

「みらん、ひかりって誰～？」

「あたしの中学の同級生で、宮暗《みやくら》ひかりって子。別の高校だけど、最近仲良くなったの」

「マジ？　じゃあ今度、うちらと遊びに呼ぼうよ」

さすが陽キャ……！

友達の友達ってだけで、遊ぶ話に発展するのか……。

俺がギャルたちの距離感に驚いている間に、みらんはＲＥＩＮでひかりさんにメッセージを送っていた。

「あ、ひかりから連絡来たよ！」

「は、はやいね……！」

「放課後に電話ちょうだい、だって！」

そんなこんなで、俺はひかりさんに放課後、アルバイトの相談に乗ってもらえることになった。

徹夜しても何も進展がなかったのに、この十数分でこんなに前に進むなんて……。

本当、みらんたちの行動力には驚かされる……。


放課後。

帰りのホームルームが終わった後、俺とみらんは、いつもお弁当を食べている校舎裏の階段に移動した。

「じゃあ、ひかりに電話をかけるね！」

「う、うん……」

俺とひかりさんは連絡先を交換していないから、みらんのスマホを借りて電話で話すことになっている。

「あ、ひかり！　おひさー♪　今日はありがとう」

みらんが電話をかけるとすぐに繫《つな》がったようで挨拶を交わしている。

普段電話なんてしないし、なんかちょっと緊張してきたな……。

なんて思っていると、みらんが「どうぞ！」と俺にスマホを差し出してきた。

「あ、か、変わりました！　永沢《えいざわ》修二です……！」

『修二さん、こんにちはぁー♪　頼ってくれて嬉しいですぅ』

久々のぶりっこ口調に、俺は驚いて固まってしまった。

陰キャな俺は、みらんの許嫁《いいなずけ》に相応《ふさわ》しくないんじゃないか――。

そう疑ったひかりさんは、みらんの目を覚まさせるために、俺の気を引こうとした。

このぶりっこ口調は、その時にしていた話し方だ。

今ではみらんのために俺に厳しい指摘をする存在と化しつつあるため、なんだか調子が狂う。

『あれ？　繫がってますよね？　切れちゃいました？』

「あ、ご、ごめんなさい……。聞こえてます」

『よかったぁー。それで、アルバイトのことで相談をしたいって聞きましたけど、何が知りたいんですか？』

「えっと、それは、あのですね……」

訊くことを事前にまとめておいたのに、うまく言葉が出てこない。

どうやら女子との電話で思った以上に緊張してしまっているみたいだ。

『……ちょっと！　電話口でそんなに緊張しない！　みらんもそばで見てるんでしょ？

男らしくシャキッとして！　みらんに相応しい男になるんでしょっ!?』

先ほどのぶりっこ口調から一転、厳しい檄《げき》が飛んできて俺は背筋を正す。

ひかりさんの言う通りだ。

みらんがわざわざ、俺のためにセッティングしてくれたのだ。

ここでしっかりしないと、ひかりさんにもみらんにも、顔向けできない！

「ひかりさんに訊きたいことがありまして――」

気合を入れ直した俺は、アルバイトについて悩んでいることを全て話した。

みらんの誕生日プレゼントを買うために働くことは伏せたけど、それ以外は全て伝えたつもりだ。

俺が話している間、ひかりさんは変に茶化したりせず、俺の話を聞き続けてくれた。

『なるほどね。事情はよくわかったわ。そういうことなら、私が前に働いていたアルバイト先に紹介してみようか？』

「えっ……ひかりさんの、以前のアルバイト先、ですか……？」

予想していなかった提案に、思わず聞き返してしまった。

『うん。喫茶店なんだけど、店長もスタッフもみんな親切よ。働きやすい職場だと思う。知っている人の紹介だと向こうも安心できるだろうし、あなたも少し気が楽になるんじゃない？』

「で、でも、俺……喫茶店で働けますかね？」

つい不安になってしまう。

飲食店のアルバイトは定番だけど、激務でもあるという話をネットで見たばかりだ。

『それについては問題ないはずよ。文化祭の時、メイド喫茶で執事やっていたじゃない。あの時の立ち回りができるなら何も問題ないでしょ』

「あれは、みらんの負担を少しでも減らしたかったから、必死で……」

『だーかーらー、大丈夫！』

大きな声で断言してくるひかりさんは、一転して小声でささやいてきた。

『みらんの誕プレのために働きたいんでしょ？』

「な、なんでそれを……!?」

『そんなの考えたらすぐにわかるわよ』

俺がバイトを始めたいと思った理由は、ひかりさんにはバレバレだったみたいだ。

というか、ひかりさん、みらんの誕生日を知っていたんだ……。

まあそれは当然か。中学校時代の同級生で、みらんのことを凄《すご》く意識していたわけだし。

『みらんのために、っていうのはメイド喫茶の時と一緒じゃない。違う？』

そのひかりさんの言葉に、俺は内心で頷《うなず》く。

自分で稼いだお金でみらんにプレゼントを贈りたい――喜んでもらいたい！

その考えからアルバイトをやろうと思ったわけで……。

『どうする？　覚悟、決まった？』

どうやら俺はまだちゃんと覚悟が決まっていなかったみたいだ。

そのことを痛感する俺は、電話越しに頭を下げてお願いした。

「……はい。お店への連絡、お願いできますか？」

その俺の言葉にひかりさんは明るい声で答えてきた。

『わかった。後でお店の情報、みらんのスマホに送っておくわね』

「ありがとうございます……！」

俺はそれを、みらんから転送してもらって受け取る予定だ。

ひかりさんは、喫茶店に俺のことをちゃんと伝えておくと約束してくれて電話を切った。

「ふぅ……」

スマホから耳を離した俺は息を吐く。どっと疲れが押し寄せてきた。

「お疲れさま、修二！」

「ありがとう、みらん……」

「どういたしまして。ふふっ♪」

スマホを返すとみらんはくすくすと笑った。

「どうしたの？」

「修二の電話する姿、面白くて」

今振り返ると、めっちゃガクガクペコペコしていたと思う……！

「ごめん、癖で……！」

「え？　なんで謝るの？　めっちゃ可愛《かわい》かったよ♪」

みらんのフィルターを通すと、俺の行動は全部良い感じに変換されるみたいだ。

俺としてはコミュ症陰キャ丸出しで恥ずかしいんだけど、そんなふうに言ってもらえるとなんだか救われる。

「それで、ひかりはなんて言ってた？」

喫茶店を紹介してもらえることになった、ということを伝えると、みらんはパァッと明るく笑ってくれた。

「それ、すごくいいよ！　絶対に似合うと思う！」

不安はいっぱいあるけれど、みらんに言われると勇気が湧いてくる。

背中を押してもらえるのって、有り難いなと感じた。

＊＊

帰宅後、俺は自分の部屋でスマホの画面とずっと睨《にら》めっこしていた。

画面には、ＲＥＩＮ……みらんのアカウントとのトーク画面が表示されている。

そこには、転送されてきたひかりさんのメッセージ——紹介されたアルバイト先の情報や連絡先が書かれていた。

お店の名前は、喫茶店『スイートピー』。

ネットで調べると、すぐにホームページも見つかった。

「……これから、この連絡先に電話をかけて、ちゃんと挨拶をして、バイトをしたいって伝えて、面接の日時を決めてもらって……」

これからの手順を呪文のように何度も繰り返し口にする。もう何十回も口に出して確認したが全然十分な気がしなかった。

「……これから、この連絡先に電話をかけて、ちゃんと挨拶をして——」

ひかりさんのメッセージが転送されてきたのは一時間前で、それからずっと俺はこの状態に陥っている。

早めに行動してしまった方がいいとはわかっているが、いざ目前に迫ると緊張して、なかなか動けずにいた。

——電話をかけた時点で、もう選考は始まっている。

——特に、接客業関連は敬語必須。

「失礼があったら、その時点で……」

徹夜でアルバイトについて調べていた時の内容を思い出す俺はさらにネガティブになってしまう。

もし、紹介してもらったバイトに落ちてしまったら——。

当然、相談に乗ってくれたひかりさんは呆《あき》れるだろう。

みらんは励ましてくれるかもしれないが、内心で俺にがっかりするかもしれない……。

「そ、そんなの嫌だぁ……」

悪い方、悪い方へと思考が転がっていってしまい、俺はベッドの上でのたうち回る。

「って、悩んでいる間にもうこんな時間……!?」

時計を見て悶絶《もんぜつ》する。

『閉店間際になると、お店は店長一人になってしまうから、遅くなる前に連絡をしてあげてほしい』

ひかりさんのメッセージにはその文言も添えられており、タイムリミットが迫っていた。

しかし、いざ電話をしようとすると、指が震えてしまう。

「はぁ。我ながら、情けない……ん？」

ため息を吐《つ》いたところで、みらんからＲＥＩＮのメッセージが届いた。

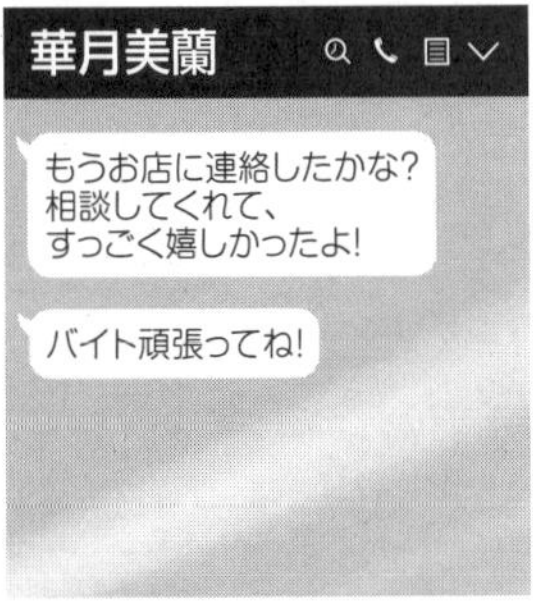
華月美蘭
もうお店に連絡したかな?
相談してくれて、
すっごく嬉しかったよ!
バイト頑張ってね!

そのメッセージを見つめる俺の中で、勇気が猛烈に湧いてくる。

そうだ。このバイトは、ただのバイトじゃない。

「みらんへの誕生日プレゼント……ある意味、みらんとの将来がかかっているんだ……っ！」

大好きな許嫁《いいなずけ》からのメッセージに背中を押された俺は、電話番号を打ち込む。

間違っていないか何度か確認した後、覚悟を決めて……発信ボタンを押した！

「…………！」

数コール後、『お電話ありがとうございます。喫茶店スイートピーです』と女の人の声が返ってきた。

「あ、あの、わたくし、永沢修二《えいざわしゅうじ》と申します！　今日は、『スイートピー』様のアルバイトについて、お問い合わせで……」

早口になってしまいそうな自分を必死に抑えて用件を伝える。

『かしこまりました！　お電話ありがとうございます。少々お待ちいただけますか？』

「は、はいっ！」

電話は保留になり、ひとまず深呼吸をする。

一分ほどですぐにまた繋《つな》がり、俺は慌てて背筋を正した。

『お待たせしました。お電話代わりました、スイートピーの店長です』

「て、店長さんですかっ。は、はじめまして——！」

挨拶したところで頭の中が真っ白になる。

やばい。何を喋《しゃべ》ればいいんだっけ……!?

ネットで調べて、受け答えのシミュレーションもしてたはずなのに、全部吹き飛んでしまった。

『永沢修二さんですよね。ひかりさんから話を聞いてますよ』

「は、はいっ！」

『知っている子からの紹介が一番安心できるので、助かります。ぜひ面接に来てください』

「あ……ありがとうございますっ！　わたくしからも、お願いします！」

思っていたよりもすんなりと話が通り安堵《あんど》する俺は、電話越しにぺこぺこと頭を下げる。

それから店長はいくつか面接の候補日を挙げて、俺の都合のいい日を確認してくれた。

俺は終始緊張して噛《か》みまくりだったけど、店長は柔らかい受け答えを続けてくれて、面接の日はスムーズに決まった。

『では、また面接で』

「ありがとうございました！　よろしくお願いします！」

電話が切れたのを確認した俺は、糸が切れた人形のように脱力する。

電話の時間はおよそ十分。

悩んでいた時間に比べると圧倒的に短い時間だが、とても濃く感じた。

「ひとまず第一関門、突破だ……っ！」

まだ働けると決まったわけじゃないけど、一歩前に進めたことが嬉《うれ》しくてしょうがなかった。

どうか、面接もうまくいきますように――。

そう願う俺は、息を吐きながらよろよろと立ち上がった。

「このまま第二関門だ……」

腰が抜けたようによたよたと部屋を出た俺は、リビングに下りる。

「あの……話があるんだけど」

くつろいでいた両親に話しかけると、二人はギョッとした顔で俺の顔を見てきた。

「修二、フルマラソンでもしてきたのか？」

「なんでそんなに疲れ切ってるの？」

どうやら慣れないことをした反動がもろに出ているらしい。

「実は、アルバイトをしようと思って……さっきお店に電話したんだ」

働くためには親の許可もいるので、正直に両親にアルバイトのことを伝える。

反対される可能性はゼロじゃないので、若干不安だった。

まだ二年生だけれど、来年は受験だ。

勉強に専念しなさいと反対されても不思議ではない――。

「おお！　いいんじゃないか？　なぁ、母さん」

「将来は一体どんなすねかじりになるのか不安だったあの修二が……自分から働くなんて……今年は絶対雪が降るわね」

全然反対されなかった。

母さんに至っては、なんか失礼なことを言いながら感極まっていた。

「これも、みらんちゃんのお陰ね！　やるからにはお店の迷惑にならないようにちゃんとやるのよ」

「父さんたちも応援してるからな！」

そんなわけで親の許可はあっさり得られ、第二関門も無事に通過したのだった。

二話　初バイト

アルバイトの面接の日はあっという間に目前に迫り――。


学校の昼休み。

校舎裏でみらんと一緒に弁当を食べている俺は、目がバキバキの状態だった。

なぜならそう――今日の放課後に喫茶店『スイートピー』の面接が控えているからだ。

「修二、大丈夫？　目が真っ赤だし、顔色もあまりよくないよ？」

隣で食べていたみらんが、心配そうに俺の顔を覗《のぞ》き込んでくる。

「心配かけちゃってごめん。昨日、緊張で眠れなくてさ……」

冗談抜きに、俺は緊張しすぎて一睡もできなかった。

少しでも寝ておかないと……と焦れば焦るほど余計に目が冴《さ》えてしまい、そうしているうちに窓の外が明るくなってしまっていた。

「バイトの面接、今日だもんね。……具合が悪いなら、電話して日程をずらしてもらうのもアリだと思うよ？」

みらんは、俺のことを本気で心配してくれている。

それを嬉しいと思うと同時に、心配をかけてしまって申し訳ないという気持ちが胸に広がった。

「心配してくれてありがとう。でも、大丈夫！　日にちを変えてもらっても、眠れる保証はないしさ。早く、チャレンジしてきちゃうよ」

「そっかぁ。修二は、すごいね」

みらんはキラキラした目で、俺に微笑《ほほえ》みかけてくれる。その視線に俺の中で改めて勇気が湧いてくるのを感じた。

……みらんのためにも、絶対、バイトに合格するぞ！

みらんの手作りお弁当を食べる俺は改めて気持ちを引き締めた。

＊＊

ついに放課後が訪れる。

「あたしも付いていくよ？」

みらんが心配げにお店に付いてきてくれようとしたが、俺は丁重に断った。お店が遠いので気が引けるし、それに、一から十まで許嫁に頼りっぱなしというのはさすがに男としてカッコよくない気がした。

俺はみらんと挨拶して別れ、改めてマップで喫茶店『スイートピー』の住所を調べて向かっていく。

事前に調べてあった電車へ予定通りに乗り込み、揺られること十数分。

調べていた通り学校からは少し遠いけれど、同級生に会わなくて済みそうだから、陰キャの俺にとっては凄《すご》く都合がいい。

もしも、クラスメイトに働いているところを見られて、茶化されたりなんかしたら……たぶん、その日は仕事にならないだろう。

「あれかな?」

降りてから少し歩くと、それっぽい建物が見えてきた。

ちなみに、スイートピーの花言葉は『門出』『蝶《ちょう》のように飛翔《ひしょう》する』なんだとか。ひかりさん曰《いわ》く、店長の大好きな花だそうだ。

「……許嫁の話が進んでから最初のクリスマス、最初の誕生日……。『門出』を祝うために働く場所の名前としては、これ以上ないよな……」

なんて独り言を呟《つぶや》きながら歩いていると、喫茶店『スイートピー』の前に到着した。

ネットの写真にお店の外観は載っていたが、リアルで見るとまた趣が違って見えた。

外から見ると、古めかしい印象を受ける。アニメとかによく出てきそうな、個人経営の喫茶店って感じだ。

俺は大きく深呼吸してから、店の木の扉を開けて中に入る。

「…………」

店内は、外観からのイメージよりも広く感じた。

扉の鈴の音で、ホールにいた女性の従業員が振り返って「いらっしゃいませ」と俺の方へ近づいてくる。

「何名様でしょうか？」

この人……俺と同じか、ちょっと年上、くらい？

しっかりと仕事ができていて凄いなぁと、普段は意識しないのに、ついついそんなことを考えてしまう。

「お一人様ですか？」

ぽかんとする俺に首を傾《かし》げてくる従業員さん。

「あ、えっと……！」

他のことに意識を向けている場合じゃない。

我に返った俺は気を引き締めて面接に来たことを伝えた。

「今日、アルバイトの面接をお願いしている、永沢修二《えいざわしゅうじ》と申します……！」

俺のことは伝わっているらしく、女性はハッと明るい顔をした。

「あっ！　わかりました！　店長がいるスタッフルームへご案内しますね」

「お願いします……！」

くるりと向きを変えた女性は、俺を店の奥へと案内してくれる。

スタッフルームと英語で書かれた扉の前まで来ると、女性はにこやかに言ってきた。

「頑張ってくださいね！」

「ありがとうございます……！」

お礼を言う俺は、息を整えてから扉をノックする。

お店のスタッフルーム……今まで一度も入ったことのない領域だ。

部屋の中から返事が聞こえた俺は緊張しながら未知の世界へ踏み込んでいく。


スタッフルームには人が良さそうな、穏やかな表情をしたおじいさんが待っていた。

店長だと名乗ってくれたおじいさんの口調は、電話で話した時と同じく柔らかいもので、不安が少しだけ収まる。

「遠くまでよく来てくれたね。ささ、どうぞ座って座って」

「よろしくお願いします……！」

スタッフルームには机と椅子が用意してあり、俺は店長に促され向かい合って座った。

……手は膝の上！　猫背厳禁、背筋は伸ばす！

ネットで調べてきた座り方を意識する俺は、むんっ、と力を入れて姿勢を正す。

「それじゃあ、一応履歴書を見せてもらえるかな？」

「はいっ」

声も、いつもより少し張る感じで出す。

ちなみに、履歴書の書き方もネットでバッチリ勉強済みだ。

面接が決まってから当日を迎えるまで、俺はネットを調べまくり、ありとあらゆる質問に答えられるよう、シミュレーションを繰り返してきた。

寝不足でぼーっとしていた頭は、緊張でイイ具合に冴えている。文化祭の喫茶店の時と同じく、本番を迎えて開き直れたみたいだ。

（さぁ……なんでもこいっ！）

鞄《かばん》から取り出した履歴書を渡すと、面接はスタートした。

「永沢くんは、ひかりさんのお知り合いなんだよね」

「はいっ。クラスメイトが、ひかりさんと中学時代の同級生で、アルバイトについてひかりさんに相談したら、『スイートピー』さんを紹介していただきました」

よし、ちゃんと喋《しゃべ》れているぞ、俺……！　この質問は想定の範囲内だ。

面接する人の多くは最初、緊張をほぐすために雑談をするって書き込みがあったから、準備しておくことができた。そこからだんだん、志望動機とか、喫茶店で役に立てそうなスキルの有無を尋ねられるはず。

……だったんだけど、店長はいつまで経《た》っても本題に入らず、雑談を繰り返してきた。ひかりさんが働いていた頃の話とか、俺の学校での様子とか、軽い話ばかりを振ってくる。

面接って、こういうものなのかな……？

ちょっと不安になってきた頃、店長が思い出すように、俺に言ってきた。

「あ、ごめん。今日は一応、採用面接っていう話で来てもらったんだったね。合格だから、これからよろしくね」

「……えっ!?　い、いいんですか？」

目を丸くする俺に、店長は大きく頷《うなず》いた。

店長曰く、ひかりさんの紹介ということで、合格は既定路線だったらしい。

「よ、よろしくお願いします……！」

あれだけ準備して、昨日の夜からめちゃくちゃ緊張してたのに、あっさり働けるようになった……。

嬉《うれ》しいことなんだけど、俺は、肩透かしをくらった気分だった。

「修二くんは、いつから働けそうかな？」

「あ、明日からでも、大丈夫です」

「本当かい？　それは助かるよ！」

店長はその場でシフト表を俺に見せてくれた。

初バイトの日を決めた後は、帰る前にお店の中を紹介してもらうことになった。

スタッフルームと繋《つな》がっている、ロッカー付きの男子更衣室。その隣にある女子更衣室はもちろん、男子禁制だ。

それからカウンター裏のキッチンを少し見せてもらう。

コーヒーを淹《い》れる機械やコンロ、食器や食材が入っている引き出しがたくさんある。

最初はみんな、場所を覚えるのが大変なんだとか……。

「その辺りは働くうちに、追々ね」

俺の不安を察してくれたのか、店長は優しく声をかけてくれた。

ひかりさんからは少し聞いていたけど、本当に温厚な人だ……。

「あっ。さきさん、ちょっといい？」

店長は、ホールで働いていた従業員を呼び寄せた。

俺をさっき、スタッフルームまで案内してくれた女の人だ。

「この子、永沢修二くん。予定通りウチで働くことになったから。さきさんも、ご挨拶してくれる？」

「はい。夢野《ゆめの》さきです。よろしくお願いします」

「永沢修二です……！　こちらこそ、よろしくお願いします」

お互いにお辞儀をし合うと、夢野さんは最後に軽く会釈をして、また仕事に戻っていく。

きびきび働いて、カッコいいなぁ……。

自分もあのように動けるようになれるだろうかと模範の姿として憧れた。


「ただいまー……」

店長に店先まで見送ってもらった後、俺は行きと同じルートで自宅まで戻った。

部屋に入った俺は鞄を放り投げて、ベッドに身体《からだ》を投げ出す。

「つ、疲れたぁ～……」

徹夜だったし、緊張しっぱなしだったし……もう、ヘロヘロだった。

「……でも、受かったんだよな、俺」

バイト、決まったんだ。

疲れたけど、新しいことを始める高揚感で胸がいっぱい……になんてなれたら、俺は長年、クラスの端っこで陰キャなんてやっていない。

「俺、夢野さんみたいにちゃんと働けるのかな……」

面接を終えた達成感よりも、不安の方が先立っていた。

「そうそう、みらんに報告のＲＥＩＮを送らないと……！」

ようやく心に余裕を取り戻してきた俺は、スマホでＲＥＩＮを立ち上げ、みらんの名前をタップする。

無事に面接が終わり合格できた喜びと、みらんへの敬意を込めながら文面を作成する。

何度か確認した後に送信ボタンを押すと、みらんから秒速で返事が戻ってきた。

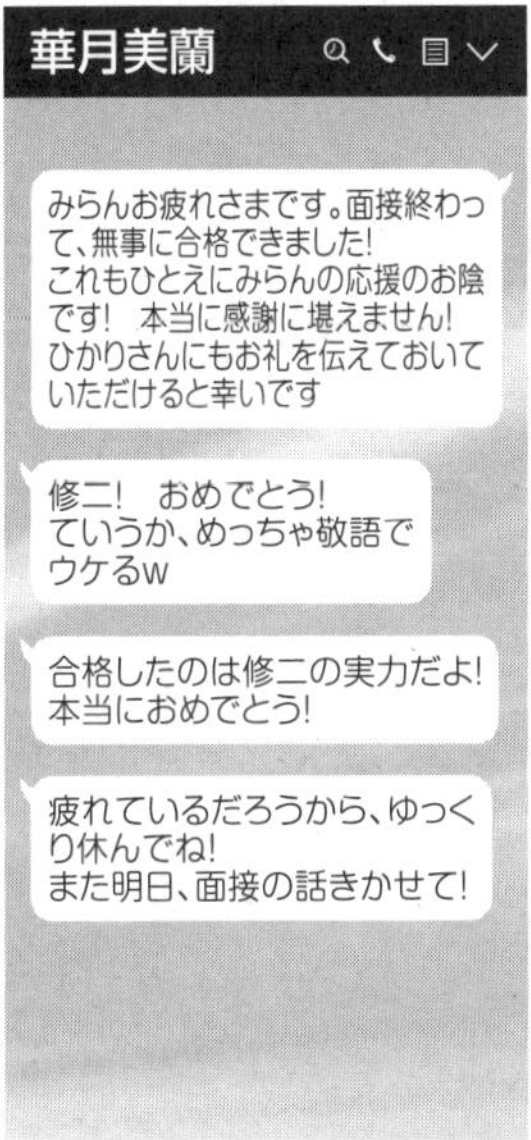
華月美蘭
みらんお疲れさまです。面接終わって、無事に合格できました! これもひとえにみらんの応援のお陰です! 本当に感謝に堪えません! ひかりさんにもお礼を伝えておいていただけると幸いです
修二! おめでとう! ていうか、めっちゃ敬語でウケるw
合格したのは修二の実力だよ! 本当におめでとう!
疲れているだろうから、ゆっくり休んでね! また明日、面接の話きかせて!

文章を読んでいるだけなのに、みらんの明るい笑顔が目に浮かんでくる。

みらんはいつだって俺を褒めてくれるし、俺の味方でいてくれる。

「……甘えてたり、不安になっているだけじゃダメだよな。バイト、頑張らないと」

初バイトの日は、そんなに遠くない。

その日に向けて、俺は再びネットで喫茶店の仕事について調べ始める。

失敗しないように、仕事する場面の脳内シミュレーションを繰り返すのだった。

＊＊

数日後――。

初バイトの日はすぐにやってきた。

「……って言っても、最初は研修なんだけどね」

俺は電車に揺られながら、スマホで撮っておいた『スイートピー』のメニュー表を見ながら移動している。

何かしていないと、電車の揺れ以上の貧乏ゆすりを始めてしまいそうだった。

朝から、ずっとこんな調子だ。

面接の時とは違う緊張に襲われて、身体がガチガチだった。

「お金を貰《もら》うプロとして……お客さんの前に立つんだ……」

文化祭の時とは桁違いのプレッシャーに、完全に押されてしまっていた。

でも、そんな俺の状態など関係なく、電車はバイト先の最寄り駅に着く。

着いてしまったなら、電車を降りて、歩くしかない。

歩くと当然、店にも着く。

心を決めきれず少し入り口の前でうろうろした俺だったが、意を決して店に入った。

「いらっしゃいませ——あ！」

ホールで働いていた夢野さんがお客さんと勘違いして、俺の方を見た。

「永沢さん、今日が初バイトでしたよね！」

「そ、そうなんです。よろしくお願いします」

朗らかに話しかけてくれる夢野さんにぺこぺこと頭を下げた。

キッチンで作業をしていた店長にも挨拶をして、スタッフルームへ向かう。

「えっと……まずは着替えるんだよな」

スタッフルームの中にある小さな男子更衣室。

念のためノックすると中から「はーい、どうぞー」と男の人の声が響いてきた。

「失礼します……」

おそるおそる中に入ると着替え中の好青年がいた。

「おっ？　あっ、君が永沢修二《えいざわしゅうじ》、くん？」

好青年に声をかけられて俺は畏縮してしまう。

「そ、そう、です……」

「おーおーっ！　はじめまして！　オレ、花山優助《はなやまゆうすけ》。お前と同じバイトな」

「ど、どうも、ですっ。よろしくお願いします……」

花山さんは見るからに陽キャで、明るい声で自己紹介してくれた。

つい陰キャ根性を発揮してしまう俺は、ガチガチと緊張して言葉が詰まってしまう。

「そーんなに緊張すんなって。店長から聞いたんだけど、オレたちタメなんだよ。仲良くやろうぜっ。オレからは、親しみを込めて修二って呼ぶからな！」

凄《すご》い……一瞬で距離を詰めてくる……！

そのコミュ力の高さは見習わないといけないな……。

「あ、ありがとうございます……」

「かてぇなーっ！　まっ、最初は緊張するよな。んじゃ、先に行ってるわ」

緊張している俺に気を遣ってくれたのか、花山さんは『スイートピー』のエプロンを手に店内へ出て行った。

俺も、黒いスラックスと白いシャツに着替えて、『スイートピー』のエプロンを着ける。

姿見で確認すると、見た目だけは店員っぽく見えた。

スタッフルームからおそるおそる出た俺は、キッチンにいる店長のもとへ向かう。

「うん。身だしなみは完璧だね。素晴らしい！」

俺の姿を見た店長は、にっこりと褒めてくれた。

「さきさん、ちょっと来てもらっていいかな」

店長に呼ばれた夢野さんがやってくる。

「修二くん。今日はさきさんに色々と面倒を見てもらおうと思うから、しっかりね。メモも、取りながらでいいからね」

「は、はい。夢野さん、よろしくお願いしますっ」

気合を入れて挨拶すると、夢野さんは少し驚きながらお辞儀を返してくれた。

「こ、こちらこそ、よろしくお願いします」

「……す、すみません。声、大きかったですよね」

「い、いえ、実は……人にお仕事を教えるの初めてなので、ちょっと緊張しちゃって……」

頬に手を当てて、はにかむ夢野さん。

髪の毛の色は黒で、全体的に落ち着いた雰囲気で……みらんとは正反対の女の子だなぁ、とふと思った。

「わかりにくいところがあったら、遠慮なく言ってくださいね」

自身に気合を入れるようにグッと手を握って言ってくる夢野さん。

俺も気合を入れ直して返事した。

「は、はいっ！」

というわけで、俺の研修は始まった。

『スイートピー』での仕事は大まかに二つ。

接客と調理だ。

調理は店長がほとんどやるから、バイトは接客を集中的にやるらしい。

俺は夢野さんのそばについて、最初にレジの扱い方を教わった。

「基本的には、値段を間違えないように数字を打ち込むだけです」

「了解です……！」

説明してくれる夢野さんは、レジ台の近くに立てかけてあるメニュー表を取り出してきた。冊子状のメニュー表には結構な種類のメニューが並んでいる。

「メニュー表はここに置いているので、値段を確認してください」

「……やっぱり、暗記した方がいいですか？」

「しなくてもいいですけど……した方が楽な時もあるかもですね」

夢野さんが苦笑しているところに、お客さんが伝票を持って会計に来た。

「ありがとうございました。伝票、お預かりいたします」

夢野さんは手早く数字を打ち込んで、慣れた手つきでお釣りを渡す。

お客さんがお金を払い終わったところで、俺も夢野さんに倣って「ありがとうございました……！」と声をかけた。

その後、俺たちは、お客さんが帰ったあとのテーブルに移動する。そこで夢野さんにテーブルの片付けの仕方を教わった。

片付けに関してはややこしいことはなかったが、問題は提供する時のルールだった。

「トレーにコップや食器を置くんですけど、置き方に一応ルールがあって――」

「ルールがあるんですね……」

俺は、聞いたことを片っ端からメモしていく。

それから夢野さんは実際に並べながら一通りの置き方を教えてくれて、俺は必死に絵を交えながらメモしていく。

「どう？　修二、はかどってる？」

「花山さん……！」

夢野さんのトレー講習を受けていると、花山さんがコーヒーを淹《い》れて持ってきてくれた。

「今、お客さんいないし、店長が休憩していいってさ」

「ありがとうございます……！」

有り難くコーヒーを受け取る俺は、二人とスタッフルームに行き休憩に入る。

二人は雑談を兼ねて話を振ってくれるが、俺は恐縮しっぱなしだった。

「あ、そうそう修二。夢野《ゆめの》さんもオレたちと同じ、高校二年なんだぜ。だから、そんなにかしこまらなくてもいいと思うぜ」

「えっ、そうなんですか？」

特に夢野さんに対して頭が上がらない俺に、花山さんが苦笑しながら言ってくる。

言われた夢野さんは、恥ずかしそうに頬に手を当てた。

「たぶん、年下だと思われてましたよね？　私、頼りないから……」

「ぎゃ、逆です。凄くしっかりしているから、てっきり、年上かと……！」

「い、いやいや、そんなそんな……それよりも永沢さん、初めてなのにすごく落ち着いてますよね」

「いやいや、そんなことないです……！　ずっと手が震えっぱなしで」

というやり取りをしているとお客さんが来たようで俺たちはホールに戻った。

それから夢野さんとの研修は続き——。

レジを代わりに少し打たせてもらったり、食器の置き方を夢野さんに見てもらいながら、実際にトレーで運んでみたり……。

途中、お皿を落としそうになって、焦る場面もあったがなんとか切り抜けた。

「結構、難しいですね……」

「覚えること多いですもんね。でも永沢さんならすぐに慣れますよ！」

そんな励ましを受けながら、最後の方は、キッチンでの作業も少し教えてもらうのだが……。

「これは一日でメモしきれないな……」

コーヒーの淹れ方や料理の盛り方に関しては、食器の置き方よりも何倍も複雑でたくさんあった。

これは覚えることが山積みだ……。

初日からすでにこれからやっていけるか、俺は不安でたまらなくなっていた。

「大丈夫です。絶対、できるようになりますから……」

そう励ましてくれる夢野さん。

夢野さんは俺がミスをしかけても怒ったりせず、焦らせることもなく、ずっと励まし続けてくれた。

そのお陰で、俺はなんとか時間までやり抜くことができた。

「ふぅ……終わった……」

退勤後、着替え終わった俺は、スタッフルームの椅子に座って脱力する。

少し遅れて仕事を終えた花山さんも部屋に入ってきて、「お疲れ～」と声をかけてくれた。

「今日、結構お客さん入って忙しかったなぁ。修二がいてくれて助かったぜ」

「いや、そんな……俺、足を引っ張ってばかりで……」

「そんなことないって。初日であれだけできたら上等だよ」

そうニカッと笑う花山さんは、時計を見てハッとする。

「それじゃ、オレは用事があるから急いで着替えてくるわ！」

と、花山さんは急ぐ様子で更衣室へ引っ込んでいった。

それと入れ替わるように、夢野さんが女子更衣室から出てきて俺に笑いかけてきた。

「永沢さん、お疲れさまでした」

「いえ……こちらこそありがとうございました」

「花山さんが言っていたこと、本当ですからね。初日であれだけ動けるの、すごいと思います……」

「そ、そんな。夢野さんのお陰ですよ。夢野さんの教え方、とてもわかりやすくて助かりました」

「いえいえ、そんなそんな……永沢さんの覚えが早くて――」

「いやいやいや……」

休憩の時と同じような譲り合いをしばらく続けた後、夢野さんと今日やったことのおさらいを軽く行う。

とりあえず、メニューをなるべく早く暗記しよう……！

そう自分の中で目標を立てた俺は、夢野さんと店長に挨拶をして店を出た。

「つ、疲れたなぁ～……」

無事に初バイトが終わって気が抜け、店を出た後の俺はヘロヘロだった。

「働くって、大変だな……」

実際にやってみて、その苦労がしみじみと感じられた。

働いて養ってくれる親の有り難みや凄さは頭でわかっていたつもりだけど、やっぱり、働いてみないと実感って湧かないな……。

「覚えることもたくさんあるし、忙しい時間帯は、やっぱり大変だったけど……」

不安はまだまだいっぱいある。

続けていけるか心配な気持ちもあるけれど、同時に今まで味わったことのない充実感や達成感もあって……。

「頑張って続けてみよう……！」

今日一日を振り返る俺は、気合を入れ直した。

でも……！　慣れないことを続ける自分にはご褒美が必要だ。

一緒に働く同僚に気を遣い、接客をして消費した精神力――いわゆるMPを回復するには、オタク成分の摂取が不可欠。

「ふふ……行っちゃいますか」

不敵な笑みを浮かべる俺は『スイートピー』の近くにある大きなアニメショップへ足を運んだ。

マンガやラノベ、ゲームコーナーなどが充実している広いお店だ。実は、働く前から目をつけていた。

「うわぁ……やっぱり大きな店はいいなぁ」

家の近くにも同じ系列店はあるんだけど、品揃《しなぞろ》えが段違いだ。

溢《あふ》れるオタク成分に実家のような安心感を得た俺は、だらしなくニコニコしながら店の中を散策する。

誰にも邪魔されない最高の時間だ！

と悦に入《い》った時だった――。

「あれ？　修二《しゆうじ》？」

名前を呼ばれた気がした。

聞き間違いかとスルーする俺だったが、「やっぱり、修二じゃん！」と間近で声をかけられる。

聞き覚えのある声に俺は壊れた人形のようにガクガクと振り返る。

「……は、花山《はなやま》さん!?」

見間違いであれと願ったが、そんなことはなかった。

さっきまで『スイートピー』で一緒だった、花山優助《ゆうすけ》がそこにいた。

夢野さんとおさらいをしている間に帰ったからわからなかったけど、花山さんの私服はとてもオシャレだ。

性格も明るく、普段からの身だしなみもバッチリ……完全な陽キャだ。

だからまさか、こんなところで会うなんて思いもしなかった。

「…………」

というか、俺、初日でいきなり、オタクがバレた!?

このままだと、変にイジられたりするんじゃ……。

「あ、あの、花山さん、俺っ！」

とりあえず何か言い訳をしようと口を開く俺に、花山さんは全てを察するような表情を浮かべた。

「待て、皆まで言うな」

そう俺の言葉を遮る花山さんは、キランッ、と輝きそうな白い歯をこぼしながら笑顔を向けてきた。

「こんなところに来るってことは、あれだろ？　修二……お前も、そうなんだな？」

「……そう、って？」

察し悪く首を傾《かし》げる俺に、花山さんは嘆くように頭を押さえた。

「もう言わせんなよ～。オタクなんだな、って意味だよ。実は、オレもなんだよ！」

「ええっ!?」

まさかの言葉に俺は激しく仰天した。

花山さんからはオタクのオの字も感じなかったので、信じられなかった。

しかしその後、花山さんは漫画、ゲーム、アニメが大好きだと熱弁を交えて教えてくれた。

「こう言うと気を悪くするかもしれないんだけど、初めて見た時から修二は同志なんじゃないかな～って思っていたんだよ！」

「まあ、俺、わかりやすく、陰キャですからね……」

「いーじゃん別に！　ていうか、タメ口でいいって！　タメなんだから！　あと『花山さん』じゃなくて『優助』でいいから！　同志なんだし！」

花山さん……もとい、優助は明るく、楽しく、俺に話を振り続けてくれた。

「そういえば、花山さ――優助は……バイトが終わった後、用事で急いでなかった？」

「予約してたゲームの発売日でさ！　早く取りに来たかったんだ」

そう言ってゲームソフトの入った袋をテンション高く見せびらかす優助は、ニマニマとした笑顔で俺に言った。

「学校では『普通』で通してるから、オタクトークする友達がいないんだよ～。だからマジで嬉《うれ》しいんだわ！　修二は何の作品が好きなんだ？　流行《はや》りのアレか？　コレか？」

俺たちは好きな作品を尋ね合った。

陽キャオタクという存在に触れたのは初めてだったが、好きなものが被《かぶ》った場合は、熱く、深く、語り合ったりもできた。

陰キャと陽キャ。属性は正反対だけど「オタク」という共通項で俺たちは、わかり合えた……っ！

優助は凄《すご》く喜んでくれたけど、リアルでオタク談義ができる相手が少ない俺にとっても、凄く楽しい時間だった。

「あ、やべっ！　もうこんな時間か！　ゲームする時間なくなっちまうよ！　よかったら、またバイト上がりに語ろうぜ！」

「うん。ありがとう、優助！」

「こちらこそ！　ありがとうな修二！　それじゃまたバイトで！」

優助を見送った俺は、しばらく店内を見て回ってから帰路についた。

……アルバイト、続けていけそうだ。

思わぬ同志の発見でポジティブな思考になっていた。

帰宅した後、疲れ果てていた俺は夕飯を食べて、早々に風呂に入る。

早く寝よう……とベッドにダイブする俺は、スマホのＲＥＩＮにみらんから「どうだった～？」と初バイトについての質問が届いているのに気付いた。

俺は今日一日を振り返りながら、さっそく感想を送った。

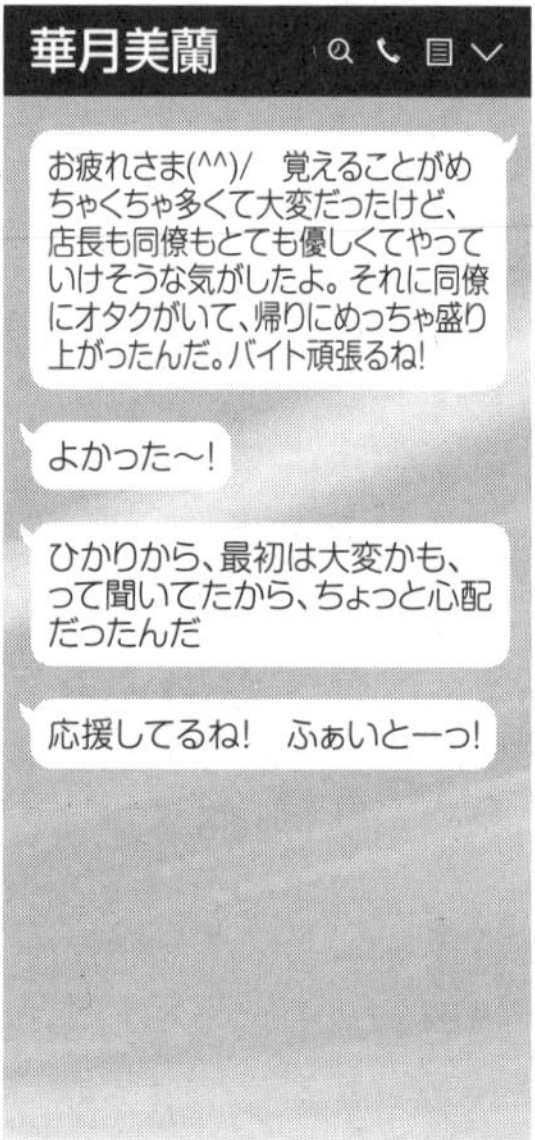
華月美蘭
お疲れさま(^^)/　覚えることがめちゃくちゃ多くて大変だったけど、店長も同僚もとても優しくてやっていけそうな気がしたよ。それに同僚にオタクがいて、帰りにめっちゃ盛り上がったんだ。バイト頑張るね！
よかった～！
ひかりから、最初は大変かも、って聞いてたから、ちょっと心配だったんだ
応援してるね！　ふぁいとーっ！

応援メッセージを呼んでいると、自然と俺の頬も緩む。

実はアルバイトの後、みらんと会えたら癒してもらえるかな……と感じたりはしていた。

「会えなくても、支えてくれるんだなぁ……」

じーん、と感動に震えながら、俺は眠りに落ちていった。

＊＊

初バイトの日から俺の生活習慣は変わった。

休日や放課後の予定はアルバイトが占めるようになった。

「教わり始めは、少し休んでしまうとすぐに忘れちゃうんだよね。入れるなら、なるべくシフトに入っちゃおうか」

そんな店長の言葉にイエスを出した俺は、『スイートピー』に通い詰めた。

店長は「年が近いと話しやすいだろうから」と、夢野《ゆめの》さんや優助がいる日に優先的に出勤させてくれた。

『スイートピー』には他にも、俺たちより年上のアルバイトがいたけど、その人たちも緊張しがちな俺に、丁寧に仕事を教えてくれた。

俺も俺で、バイトが終わった後にお客さんとして『スイートピー』の客席に座ってみたり、食事をしてみたりした。これは、夢野さんと優助にすすめられたトレーニングだ。

「そうすると、メニューが覚えやすいんですよ」

「オレも、最初の頃はよく頼んだなぁ〜。あと、客席からだと店の流れがわかるっていうかさ」

二人の助言のお陰で店のメニューを結構早く覚えることができた。

そういう小さな努力の甲斐《かい》あって、俺は誰かに言われなくても、次にやる仕事を自分で見つけられるようになっていった。

「ちょっと、慣れてきたかなぁ……」

自分でもそう感じ始めた頃、店長や夢野さん、優助から「もう一人で大丈夫」と言ってもらえた。

つまり研修期間を終えたわけだ。

「修二くんが来る日は一人多くアルバイトさんに入ってもらっていたけど、次からは普通通りの人数体制でいくね」

店長から説明を受けた時は緊張したけど、面接や初バイトの日ほどは、不安にならなかった。

「すごいね、修二！　もう一人前だなんて！」

研修期間が終わったことを学校の朝の教室でみらんに報告すると、まるで自分のことのように喜んでくれた。

その許嫁《いいなずけ》の反応が嬉しくて照れていると、近くにいた花子《はなこ》さんと阿月《あづき》さんが「ねぇねぇ」とみらんを引き寄せた。

「だったらさぁ、そろそろいいんじゃない♪」

「今日の放課後とか、どうよ？」

「えぇっ？　でも……」

ニヤニヤと耳打ちする二人に対して、みらんはちょっと困っている様子で……。

「どうしたの……？　何かするの……？」

気になって声をかける俺に、ギャル友二人はニヤニヤと笑ってくる。

「あ〜、彼ピには内緒」

「だーいじょぶ。すぐにわかるからっ」

そんな具合で、花子さんと阿月さんは俺に内容を教えてくれなかった。

……しかし、彼女たちの言う通り、その答えはすぐに判明する。

「修二、今日から一人前扱いだって？　気合入れすぎてミスんなよっ！」

気さくに声をかけてくれる優助に俺は頷《うなず》く。

「う、うん……なんかあったら、優助、フォローよろしく……」

「任せとけ！」

放課後。俺は予定通り、『スイートピー』に出勤した。

店長、俺、優助の三人体制だ。店長はキッチン、俺は主にホールで動いて、優助は状況に応じてフォローに回る陣営だ。

更衣室で服を着替えた俺は気合を入れてホールに出る。

早々、『スイートピー』の扉にぶら下がっているドアベルが鳴って、お客さんが入ってきたことを告げてきた。

俺は「いらっしゃいませ」と小走りでご案内に向かう。

「何名さ――え？」

客の姿を見た瞬間、俺は絶句した。

凄く見覚えのある人たちがいた。

「あっ、みらんの彼ピ、いたいた」

「三人で～す♪」

華やかなギャルたち――。

お店に入ってきたのは、学校のクラスメイトの花子さんと阿月さんだった。

って、ちょっと待てよ。

三人ってことは……！

「……修二《しゅうじ》、お疲れさま」

「みらん……！」

二人の後ろから明るい髪色の美人ギャル――みらんが、少し申し訳なさそうにしながら顔を出した。

「阿月と花子がどうしても来たいっていうから……来ちゃった……」

控えめな口調で言うみらんに俺はコクコクと頷く。

「……そ、そっか」

いつかはこんな日が来るかもな、とは思っていた。

ただこんなに早いとは思わなかったので面食らうが、少し嬉しい気もして――。

「……みらんの彼ピ、ほら、ぼうっとしてないで仕事、仕事」

「みらんにカッコいいとこ、見せてあげなよ」

ひそひそ声でギャル二人から言われて、俺は再びハッとなる。

「か、かしこまりました。三名様ですね。ご案内いたします。どうぞこちらへ」

接客モードに切り替え三人を案内する。

「すごい修二……！」

申し訳なさそうにしていたみらんだったが、俺の姿に、キラキラした笑みを浮かべてくるので少し照れてしまう。

そのまま三人を席に通した俺は、慌ててキッチンに戻り、お冷とおしぼりを用意する。

席に持っていくと三人はいつものように楽しそうに、華やかに会話を交わしていた。

「……なんかあそこだけ違うお店に見える」

『スイートピー』は綺麗《きれい》だけれど古めかしい喫茶店だ。

落ち着いた雰囲気の店内だが、三人がいる空間だけはとても賑《にぎ》やかで明るかった。

「お待たせしました」

お冷とおしぼりをテーブルに置くと、阿月さんと花子さんがいつものように俺に声をかけてきた。

「彼ピ、アタシ、コーヒーより紅茶派なんだけど、どれがおすすめ～？」

「ケーキのおすすめも聞きたーい」

その質問に俺は、頭に詰め込んだ知識を引き出して口にした。

「甘い物と一緒にお召し上がりになるなら、さっぱりした味わいのフルーツティーがおすすめです。ブルーベリー、ストロベリーが人気です。ケーキは……自分の好みですけど、ティラミスが美味《おい》しいです。店長の手作りなんですよ」

「へぇっ、イイ感じじゃん♪　アタシ、ブルーベリーティーとティラミスにする～」

「うちはストロベリーティーとチーズケーキにしよっかなー」

「かしこまりました」

伝票に注文をメモしていく。

「みらんはどうするー？」

みらんに声をかける阿月さん。

「………………」

しかし、みらんからの反応はない。

正確には、みらんは感嘆するように俺を見つめていた。

「ちょっと、みらん？　彼ピに見惚《みと》れすぎー」

「あっ、うん！　ごめん！　あたしは、ダージリンとティラミスにするっ」

慌てた様子で注文するみらんに、俺は照れながら注文を書く。

「か、かしこまりました……！　ご注文の確認ですが――」

注文を間違えていないか、確認をしてからキッチンへ戻る。

そわそわとした気分で注文を伝えると、優助《ゆうすけ》が険しい顔で声をかけてきた。

「修二……お前、あのテーブル席の三人と親しげだけど、友達なのか？」

「あ、あぁ……あの女子たちは、クラスメイトで……」

「な、なにっ？　あんな、後光が差しているようなギャルたちと、クラスメイト……!?

しかも、わざわざ数駅先のバイト先に来てくれるくらい仲がいいわけだよなっ!?」

衝撃を受けたように後ずさる優助は、もう一度ギャル三人の席に目を向ける。

「みんな美人だけど、特にあの金髪セミロングの子……すげぇ美人だぞ！　それと仲がいいとか、おいおい!?」

さらに後ずさりした優助はキエエッ、と好青年らしからぬ奇声を上げた。

「この裏切者っ！　オタク同盟からの反乱だ！」

「いやいや、裏切り者って……！　俺は永遠のオタクだよ！」

コメディアンのような動きで嘆き続ける優助。

本気で糾弾してきているわけではないが、羨ましいという感情は本物そうだった。

「まあまあ落ち着いて……！　今度優助が読みたがっていた漫画持ってくるから」

なだめるように言うと、優助はすぐにいつもの好青年に戻った。

「よーし！　気合入れて紅茶淹《い》れるぞ！」

機嫌を直してキッチンに戻っていく優助。

「許嫁のことは言えないな」

……あの三人の中で、一番の美人であるギャルと許嫁だとバレたら、優助がさらに暴走しそうなので、そのことは黙っておいた。

その後も俺は、店長や優助が用意してくれたデザートやドリンクを提供したり、お冷のおかわりを持っていったりと、三人を接客し続けた。

「ちゃんとサマになってんじゃん、彼ピ」

「さっすが〜。カッコいいところ見られてよかったねー、みらん」

「うんっ……♪」

三人がそんなことを言ってくるものだから、俺はテーブルに行くたび、照れることになった。

「彼ピも照れてるじゃん」

「写真あとで撮ろうよー」

阿月さんと花子さんは終始、ニヤニヤしながら俺をからかってくるけど、嫌な絡み方ではなかった。

なんていうか……愛のあるからかい、だったと思う。

初めてのお使いをする幼児を褒めるような、そんな温かさが感じられた。

「ま、実際、バイトしたことのないうちらより確実にえらいよね」

「確かに〜」

とまぁ、こんな具合に、俺に尊敬の念を向けてくれたのが、大きかったんだと思う。

三人はドリンクを飲みながら、しばらくギャルトークを楽しんで、満足した様子で帰っていった。

「いやぁ……マジでキラキラした三人だったなぁ……羨ましっ」

優助はその日のバイトが終わるまで、ずっと俺を羨ましがっていた。


そんなこんなで、アルバイトは無事終わった。

着替えを終えた俺は、スタッフルームで軽く背伸びをしながら息を吐《つ》く。

研修期間が終わり一人前となった初日――。

予想外の来客はあったが、事故も事件も発生することなく、終わらせることができた。

「……やっぱり、達成感があるなぁ」

慣れないことや覚えることが多くて気を遣うけど、乗り越えるとやっぱり気持ちが良い。

ひかりさんが言ってくれていたように、俺、この仕事に向いているんだろうか？

「いやいや、こうやって調子に乗っていたら、やらかすんだよな……」

車の運転も、慣れ始めた頃が一番危ないって聞く。

これからも、気を引き締めてやっていこう……。

「あ、そうだ。バイトが終わったよってみらんに連絡……ん？」

スマホを取り出すと、みらんから連絡が入っていることに気が付いた。

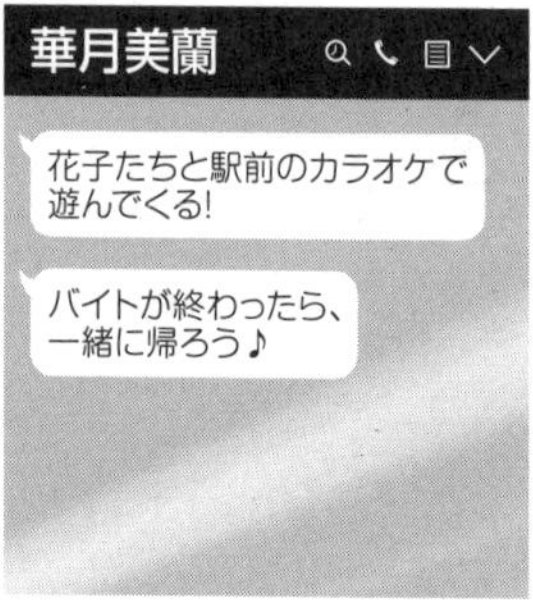
華月美蘭
花子たちと駅前のカラオケで
遊んでくる!
バイトが終わったら、
一緒に帰ろう♪

……っ！

わざわざ、俺のバイトが終わるのを待ってくれているのか……！

俺は、急いでみらんに返事を打つ。

早く、カラオケ店まで迎えに行かないと――。

「…………！」

焦って店を出たところで、俺は急ブレーキをかける。

「あ、修二。お疲れさま！」

夕暮れの空の下。店を出てすぐのところに、許嫁《いいなずけ》が立っていた。

「みらん!?　カラオケにいるんじゃ……？」

「ちょうど終わってこっちに戻ってきたところだよー」

「メッセージ気付くの遅くなって、待たせちゃってごめんね……！」

「ううん、全然！　あたしこそ、バイト終わりにありがとう！」

「そういえば、花子《はなこ》さんと阿月《あづき》さんは？」

周りを見るが二人の姿はなかった。

「なんか、花子と阿月は用事ができたからって、先に帰っちゃったんだよね」

苦笑するみらん。

……花子さんと阿月さん、気を遣って、二人きりにしてくれたんだな。

そう察する俺は二人に感謝する。

「修二、一緒に帰ろ♪」

「も、もちろんっ！」

「ふふっ。よかったっ！」

みらんは嬉《うれ》しそうに笑った後、俺の隣に移動してくる。

そのまま、俺たちは並んで駅へ歩き出すのだが――。

楽しげな表情を浮かべるみらんだったが、少し表情が曇っている気がした。

「どうしたの、みらん？」

訊《き》くとみらんは申し訳なさそうに口を開いた。

「あの……今日は、急にお店に行っちゃってごめんね」

「そ、そんなの全然大丈夫だよ……！」

「あたし、前から修二《しゆうじ》の働いている姿、見たいなって思ってたんだけど、いきなり行くのはまずいよね、って悩んでたんだ。そしたら、阿月と花子に『今日行こう！』って引っ張られちゃって……」

なるほど……学校での三人のやり取りはそれだったんだ。

「そうだったんだ。全然、いつでも言ってくれて良かったのに」

むしろ悩ませてしまって申し訳ない……。

そう思う俺に、みらんは苦笑した。

「でも、修二は優しいから、本当は嫌でも『いいよ』ってあたしに言っちゃうでしょ？　だから、あんまりわがまま言って、困らせたくなかったんだ」

「みらん……」

俺の許嫁は、本当にイイ子だ……。

今までに何度も思っていたことを、今日もまた実感してしまう。みらんへの好感度は、毎日最高記録を更新していく。天井知らずだ。

「でも、ごめんね。今は、連れていってくれた二人に感謝してるんだ。だって、修二がカッコよく働いているところ、いっぱい見られたし！」

「……っ！　そ、そんな……まだまだ始めたてで、カッコよくなんか……」

「そんなことないよ！　すっごくキビキビ働いてて、びっくりしたし！」

みらんは身振り手振りを交えて、いかに俺がしっかり働いていたかを、細かく教えてくれる。

俺は、そんなふうに見られていたなんて、と恥ずかしくなるけど……大切な人に褒めてもらえるのは、凄《すご》く誇らしかったし、自信になった。

「俺の方こそ、みらんたちが来てくれて嬉しかったし励みになったよ……！」

「修二……」

みらんとしばらくの間、見つめ合う。

夕暮れに照らされた許嫁はとても綺麗《きれい》だった。

「本当に、修二はすごいなぁ……」

そう口にしたみらんは、何かを決意するように言葉を続けた。

「……あたしも、何かしないとな」

「何かって？」

訊《たず》ねる俺にみらんはイタズラっぽく笑ってきた。

「ふふ、まだ内緒♪　決めたら、修二にも伝えるね！」

弾むように歩く許嫁の姿はまるで妖精みたいで。

……この子が、俺の許嫁なんだよなぁ。

「どうしたの？」

「……し、幸せだな、って思って」

「何それ。ウケる」

言いながら、みらんはそっと俺の手に指を絡めてくる。

本当に、幸せな帰り道だった。

大事な許嫁が、アルバイト先に来てくれた数日後のこと。

みらんが何を企《たくら》んでいたかは、本人の口から明らかになった。

「えっ……!?　みらんもバイトを始める!?」

「うんっ！」

大きく頷《うなず》くみらんに、俺は仰天した。

「そ、そっかぁ」

相づちを打ったものの、頭ではまだうまく消化できていない。

「ちょっと話があるんだ……」

昼休みにお弁当を食べている最中、みらんが珍しく真剣な口調で切り出してきたものだから、俺は思いっきり身構えてしまっていた。

とりあえず、重い話とか、不幸な話じゃなくてよかった……。あと、「修二、あまりにも陰キャオタクすぎてツライ……」とかダメ出しされることも覚悟したけど安心した。

「みらんがアルバイトかぁ……」

どういう心境の変化だろう……。

落ち着きを取り戻した俺は、みらんに訊ねた。

「何か欲しいものがあるの？」

「そういうわけじゃないんだけど……修二の頑張っている姿を見ていたら、あたしも頑張らないとな～、って思ったんだ」

「俺が、きっかけで……？」

「そうだよ！　だって、バイトしてる時の修二、本当にカッコよかったから！」

「そ、そっか……」

今まで何度も聞いた言葉だけど、未《いま》だに顔が熱くなってしまう。

みらんも、俺が照れる様子を見たせいか、少し顔が赤い。

本当にみらんは可愛《かわい》いなぁ……。

なんてことをしみじみ思いながら、訊ねた。

「ところで、みらん……どんなバイトをやるの？　これから探すの？」

みらんならどんなバイトでもうまくやれるし、似合いそうだ。

相談に乗ってもらったし、お礼に探すのを手伝おうとスマホを取り出す。

その俺に、みらんは自慢げに言ってきた。

「ううんっ！　実は、アルバイト先はもう決めているんだ！」

「もう決めてるんだ？　何やるの？」

「親戚がやっている花屋さん！」

「花屋さん……っ」

その言葉に俺は目を丸くする。

正直、予想外だった。

ギャルっぽいみらんの姿から、イメージが結びにくい職業だったから。

「スイートピーに遊びに行った時には、もうだいたい決めていたんだけど、親に相談したり、親戚にお願いしたり、実際に話をしに行ったりするのに時間がかかっちゃってね。それで、今日になっちゃった」

ふんふん、と頷きながら、俺は想像を膨らませる。

……お花を持つみらん。

……お花に笑顔で話しかけるみらん。

……お客さんにお花を選んであげるみらん。

……お客さんに、笑顔で接客するみらん。

「…………」

あ。いいぞ、これは！

凄く、いい……！

考えているうちに、どんどん、イメージが浮かんでほわほわしてきてしまった。

「修二？」

「あ、ごめん！　花屋で働いているみらんを想像していたら、楽しくなっちゃって……凄く似合っていると思う！」

「本当っ!?」

「うん。絶対似合うし、うまくいくと思うよ！」

「ありがとう！　えへへ……実は、不安もあるんだけど、励ましてもらえて勇気が出たよ。あたし、修二に負けないくらい頑張るね！」

みらんは笑顔で、まっすぐ俺の目を見つめてくる。

他の人の目を見て話す時、どうしても苦手意識を持ってしまう俺とは、正反対だ。

本当に、エネルギッシュで……太陽のように陽の気に満ちている。


そして、みらんの溢《あふ》れるエネルギーは、アルバイトだけにとどまらなかった。

というか、みらんだけでなく、学校中が活力に満ちている。

クラスの……いや、学校の陽キャたち全員が、とあることで盛り上がっていた。

「今年の体育祭、ぜっっっっったい！　優勝だよーっ！」

「おーっ！」

気合を入れまくるクラスメイトたち……。

そう、原因は体育祭である。

「………………」

メラメラと盛り上がるみんなを俺は呆然《ぼうぜん》と見つめる。

少し前までは、文化祭という大イベントが終わったことで、学校全体に緩い雰囲気が漂っていたのに……。

体育祭が近付いたことで、学校全体の空気にハリが戻りつつあった。

……主に、陽キャたちの間で、だけど。

「修二、体育祭、楽しみだね！」

るんるんと声をかけてくるみらんに、俺はぎこちなく頷いた。

「そ、そうだね……」

本音を言うと、生まれてこの方、体育祭で盛り上がったことがなかった。そもそも興味がなく、だるいイベント上位に君臨する存在だ。

運動が好きなわけでもないし、汗をかくのも、それに他人と競うのも好きではない。

何より目立つ……！

そこに力を使うくらいなら、家でのんびり、ゲームやアニメに浸ってオタ活をしたい。

「なんかさぁ、隣のクラスはマジで優勝狙うって！」

「みんなでお揃《そろ》いのハチマキするらしいよ～。アタシらもやろうよ！」

例に漏れず花子《はなこ》さんと阿月《あづき》さんもテンションが上がっており、その話を横で聞く俺は、心の中で気後れしまくっていた。

……ま、まぁ、クラスのみんながやるといったら、やるけどさ。

くらいの温度感で体育祭の話に付き合っていたんだけど、みらんたちギャルチームは、もっと、がっつり、体育祭をエンジョイするつもりだった。

それが判明したのは、終礼前のホームルームでのことだ。

「今年も、応援団の募集が始まっている。誰か、立候補するかー？」

毎年、クラスから数名応援団の人員を募ることになっている。

しばらくクラスメイトたちは顔を見合わせるが立候補する人は出てこなかった。

俺はもちろん石像のごとく微動だにしない。

「じゃあ、推薦したい人はいるか？」

先生に問われてクラスメイトたちがさらに顔を見合わせる。

間違っても選ばれたりなんかしないように、俺はさらに空気と同化して気配を消した。

クラス中に視線の矢が飛び交う中――。

その視線を集めるのはやはりスクールカーストの頂点であるギャル。

「華月《はなつき》さんとかいいんじゃない？」

みんなから圧倒的な人気を誇るみらんと――さらにそのギャル友の二人、花子さんと阿月さんの名前が挙がった。

「…………」

目立つというのは大変だな……。

なんて気配を消している俺は同情してしまう。

みらんはアルバイトを始めるのだ。

体力的にも応援団なんてやれないと思うし、みんなの推薦を断るの大変だよなぁ。

そう思っていたんだけど――。

「ん～……わかった！　あたし、やる！」

「みらんがやるなら、うちらもやるかな～」

「だねー」

そのギャル三人の返事に俺は、気配を消しているのを忘れて、

「ええっ⁉」

と、声を上げてしまった。

「どうした、永沢《えいざわ》？　まさかお前も応援団に――」

「い、いや！　なんでもないです……！」

俺は慌てて気配を消して小さくなる。

あぶないあぶない！　危うく応援団になってしまうところだった。

「じゃあ、応援団はこの三人だな」

応援団の人員がみらんたちに決まりクラスの中で拍手が起こる。

俺も一応拍手するが、心の中ではみらんのことを心配した。

「大丈夫かな……」

クラスメイトたちの推薦だったから、断れなかったんだろうか……？

ホームルームが終わった後、俺はみらんにそのことを訊《たず》ねた。

「え？　そういうわけじゃないよ！　元から『応援団』に興味あったし、花子と阿月からも誘われてたし、やろうか迷ってたんだ」

「そ、そうなんだ」

やはり、陽キャ属性のギャルたちは、陰キャの俺と思考回路が全く違う。

「……とは言っても、やるつもりは、最初あまりなかったんだけどね」

「えっ？　じゃあ、どうして？」

訊《き》き返すと、みらんは俺を優しく見つめてきた。

「それもね、修二《しゅうじ》がバイトを頑張っている姿を見たからなんだ〜」

「それも、俺なの!?」

微笑《ほほえ》むみらんは、気合を入れるように言ってきた。

「うん！　本当に、カッコよかったから……修二、どんどんたくましくなっていくから、あたしも自分ができることを頑張っていきたいんだ。せっかく推薦されたし、応援団もやってみる！」

「す、凄《すご》いね、みらん……」

そのアグレッシブさに驚く俺は、もう一つの心配事を訊ねた。

「アルバイト始めるけど、時間とか体力は大丈夫？」

「親戚にお願いして少し調整してもらおうと思う。だけど、両方とも頑張るよ！」

「そっか……」

新しいことに挑戦しようとしている許嫁《いいなずけ》にこれ以上何かを言うのは野暮だ。

俺はみらんがいつもしてくれているように背中を押した。

「無理しないでね。俺も応援するよ！」

「ありがとう！　でも、応援するのは、応援団の役目だよ♪」

「あ、そうだね……！」

「ふふ、応援は任せてね！」

やる気に満ちるみらんは、ギャル友二人と最初の応援団のミーティングへ向かっていった。

ちなみに、俺たちの高校では、体育祭はクラスごとに紅組《あかぐみ》、白組に分けられる。

興味がなくて色分けを聞いていなかったが、クラスメイトたちの雑談に耳を傾けるとどうやら紅組に振り分けられたようだった。

＊＊

こうして許嫁のみらんは、二つのことを同時に新しく始めた。

一つは花屋のアルバイト。

そしてもう一つは、体育祭の応援団。

平日の放課後は応援団の練習をして、休日は花屋でお仕事だ。

当然、やることも覚えることもたくさんあり……。

みらんは自由な時間がないのではないかと思うぐらい、見るからに多忙になった。

そうなると、俺との関わり方も変わってくる――。


まずは昼休み。

以前までは昼休みはみらんが作ってくれたお弁当を一緒に食べて、食べ終わった後は色々と話をする時間があった。

「ごめんね、修二！」

しかし今は、みらんは食事をした後、すぐに移動してしまう。

昼休みも応援団の練習があるのだ。

「昨日やったところ、復習しないといけなくて……！　花子たちが待ってるから……！」

「うん。わかってるよ。気を付けてね！」

昼休みはこんな具合に別れることが増えた。


そして、放課後の動きも変わった。

以前までは俺のアルバイトがない日は一緒に帰ったり、アルバイトがある日でも時間が許すまで話したりしていた。

「修二、また明日ね！」

「うん、練習頑張って！」

しかし、その時間も応援団の練習でなくなった。

ホームルームが終わった後にみらんと挨拶を交わすだけ。その後はすぐに応援団の練習に移動してしまう。


また休日も変わった。

俺だけがアルバイトをしていた頃は、俺が休みの日にはデートをしていた。

しかし、みらんが花屋のアルバイトを始めたことで、お互いに休日で空いている時間がなくなってしまった……！

しかも、応援団は休日も練習するらしい……！　なんてハードな集団だ。

「みらんと全然会えない……」

そういうわけで、みらんと俺が接する時間は——極端に減ってしまった。


「はぁ……」

アルバイトがない休日。

俺は一人、部屋でごろごろしていた。

みらんが忙しいから、必然的に一人で過ごすことになるわけで――。

「みらんが望んで始めたことだから文句はないし……心の底から応援はしてるけど……やっぱり、ちょっと寂しいなぁ」

なんて、自分のベッドで仰向《あおむ》けになりながら、天井に向かってぼんやりと呟《つぶや》く。

俺がアルバイトで休日に遊べない時は、みらんもこんな気持ちを抱いたりしていたのだろうか。

だとしたら、悪いことをしていたのかな……。

「……みらんに、会いたいな」

まあ、学校で毎日、会っているんだけどね……。

ただ今までと比べると極端に触れ合う時間が減ってしまったので寂しさがあった。

意識すればするほど、想《おも》いは募るばかりだ。

「こんなに寂しがり屋だったっけな、俺……」

それは、陰キャボッチ街道を突き進んでいた昔の俺だったら抱かなかった感情で……。

それだけ許嫁との時間はかけがえのないものだったのだと改めて気付いた。

＊＊

数日後の放課後――。

「ここで練習してるんだよな……」

みらんの様子が気になる俺は、グラウンドで行われている応援団の練習をこっそり、物陰から見学しようとしていた。

今日はアルバイトがなく、本当はまっすぐ家に帰ろうとした！

ホームルームが終わり、練習に向かうみらんを朗らかに見送ったまではよかった。

生き生きと楽しそうにしているみらんの姿に寂しさを覚えてしまった俺は、つい気になって来てしまったのだ。

「ちょっと見て帰るだけだから……」

そんな言い訳を口にしながら、俺はグラウンドに向かう。

応援団がいる場所は、遠くから見ただけですぐにわかった。

学校の全クラスから集まっているので、結構な人数になっている。もう練習は始まっており、凄く賑《にぎ》やかだった。

「それじゃあ今日も明るく、元気に楽しく！　アゲていこうーっ！」

「おけまる〜っ！」

おそらくは、俺たちの先輩である陽キャな三年生——男子の号令に全員で応えて、拍手が送られる。

みらんとギャル友二人は先輩、後輩関係なく、楽しそうに笑い合っている。

その後は、太鼓の音に合わせて動きを合わせたり、応援合戦をしたり……。

青空の下で、本当に楽しそうに練習をしていた。

「………」

俺はその明るい空気に圧倒されていた。

俺が『自分には向いていないから』と諦め、無視してきた青春の光……。

その眩《まぶ》しさに、今更ながら羨ましさを感じてしまう自分がいて——。

「みらん、楽しそうでよかった……」

みらんはいつも通りの笑顔で、安心する。

それを「よかった」と思えたのは、間違いないんだけど……。

「……やっぱり、本当だったら、俺とは住む世界が違うんだよな」

そんなことを呟くべきじゃないし、呟いてもどうしようもないのに。

つい、こぼしてしまった。

それくらい、応援団が放つ光は眩しかったし、その中でも許嫁の姿は輝いていた。

「って、あれ……？」

そんな中だった。

練習していたみらんが、こっちを向いている気がする。

気のせいかと思ったけれど、顔が間違いなく、俺の方に向いていた。

バレないような位置取りをしたはずなんだけど……。

「あっ……」

みらんが大きく手を振ってきた。

これはもう、確定でバレている！

無視したと思われたら嫌なので、俺は慌てて手を振り返した。

でも、そうなると当然、周りの陽キャたちも俺たちの動きに気付くわけで――。

みらんの隣にいた阿月《あづき》さんと花子《はなこ》さんが、最初に反応した。

俺を指差すと、そこから全員の顔が俺の方へ向く。

「みらんの彼ピ」

「え、どこどこっ！」

「みらん先輩の許嫁!?」

陽キャ女子たちが高い声を上げて、俺に注目してくる。

その視線を一身に受けた俺が選ぶ行動は、もちろん一つしかない。

「じゃ――」

ぺこぺこと頭を下げた俺は背中を向けて、急いでトンズラした。

＊＊

それからまた数日後の休日。

アルバイトが休みで時間を持て余していた俺は、少し遠出をしていた。

目的地は……恥ずかしながら、みらんが働いている花屋さん。

目的はみらんと会って、話すため――ではなく、花屋さんの様子をこっそり、物陰から窺《うかが》うためだった。

「……だって、この前、応援団を見に行った時も、結局は、じっくり見られなかったし？　忙しいから体調も心配だし？」

そんな言い訳をしながら覗《のぞ》き見に来てしまうくらい、相変わらず許嫁《いいなずけ》に対しての感情を持て余している。

みらんと接する機会が極端に減っているので、俺の中でみらん欠乏症は順調に進行していた。

「ＲＥＩＮはしているけど、実際に会って、なんでもないお喋《しゃべ》りをすることでしか摂取できない成分があるんだよ……っ！」

物陰からこっそり、様子を見ることでも摂取できない成分なのは間違いないんだけど、気になるんだからしょうがない。

「連絡なしでアルバイト先に様子を見に行くのはやっぱり良くないかな……」

みらんたちが喫茶店に来た時のことを思い出す。

恥ずかしかったが同時に嬉《うれ》しかった気持ちを振り返る俺は、その感情を免罪符に花屋へ足を進めた。

「あのお店かな……」

みらんからＲＥＩＮで教えてもらっていた花屋さんが見えてくる。

自慢じゃないが、花屋さんに注目した経験なんて、今までに一度もない。誰かに花を贈ろうと思ったことがそもそもなかった。

街の片隅にひっそり佇《たたず》む小さな花屋さんが、たまにあるよな～……程度の認識しか持っていない。

みらんが働いているという花屋さんも、例に漏れずこぢんまりとしたお店だった――のだが。

「めっちゃ流行《はや》ってない……!?」

お店は小さいがかなり人気なようで、店先にはお客さんがたくさんいる。花屋さんがあんなに混んでいるのは初めて見たかもしれない。

親戚がやっている小さな花屋さん、としか聞いていなかったから衝撃的だった。

物陰から店の様子を見ていると、人気の理由はすぐにわかった。


「いらっしゃいませっ！　また来てくれたんですね！」


明るく、天使かと思うような爽やかな声色が響く。

お店で接客をしているのは、まさに俺が様子を見に来た人——みらんだった。

ジーンズを穿《は》いて、エプロンを身に着けている姿は、どこからどう見ても立派な花屋さんのスタッフだった。

何より、笑顔がいい！

みらんはお花を持って接客をしているけど、売っているお花に負けないぐらい華やかでキラキラしたオーラを放っていた。

「なんて眩しいんだ……！」

俺はその眩しいオーラに目を焼かれそうになっていた。

いや、実際に焼かれていたのかもしれない。

気が付けば、スマホを取り出して写真を撮りかけていた。

「いや盗撮はマズいか」

辛うじて自分を抑えた俺は、スマホをしまう。待ち受けの画像に設定して、なんなら部屋にポスターとして飾っておきたい、と考えてしまっていた。

スマホの写真で撮る代わりに心のレンズで、働くみらんの姿を激写する。

そうしていると、みらんの隣に同じエプロンを着けた男の人が現れた。

「えっ……？」

思わず、声が出てしまった。

というのも、その男の人が凄《すご》いイケメンだったから。

その男の人は中性的な容姿で、みらん以上のキラキラオーラを纏《まと》っている。

モデルじみた、すらりと長い手足。テレビのＣＭに出てきてもおかしくないほどの爽やかさが溢《あふ》れ出ていた。

……いや、テレビで見かける芸能人やモデルもかすむくらいのイケメン具合だ。

人生で見てきた中で、一番カッコいいかもしれない……。

「みらん、あんなイケメンと働いていたのか……！」

嫉妬の感情よりも前に、カッコよすぎて驚きの感情の方が出てきてしまう。

唖然《あぜん》と見つめる俺は、二人の接客の様子を見てすぐに気付いた。

どことなく、二人とも似ている……！

表情もだけど、雰囲気がそっくりだった。

「そうか。あの人が、みらんの親戚なんだな」

少し動揺したけど、すんなり納得できた。

同時に、この花屋さんが繁盛している理由も理解できた。

「美少女ギャルと、あんなイケメンが働いていたら……話題にならないわけがないよなぁ」

買い物は終わっているはずなのに、お客さんはみらん、イケメンと話していて、なかなか去らない。

会計をする客や、お花について尋ねる客が来てやっと離れていくんだけど、新しく来た客がまた話し込んでいく感じだ。

大変そうだけど、みらんは楽しそうだ。

俺が想像していたよりもずっと、素敵な表情をしている。

「……様子も見られたし、帰ろうかな」

話せなくて寂しい気持ちはあるけど、元から、バレないように様子を見て帰るつもりだったので仕方ない。

お客さんと話していて疲れているだろうから、やっぱりそっと帰るのが正解だろう。

と、背を向けかけて——。

「────!?」

みらんがスッと俺の方を向いた気がした。

まぁでも、距離はあるしバレないはず……。

そう思った数瞬後に、みらんと目が合った。

瞬間、みらんの表情はお客さんと話していた時よりも、もう一段階パッと明るくなった。

「修二《しゅうじ》〜っ！」

みらんが大きく手を振ってくる。

挙動不審になる俺に対して、こっち、こっち、こっちと手招きしてくる。

「な、なんでっ……？」

気配は消していたつもりなのに……応援団の練習の時と同じように、みらんは目ざとく俺を見つけてしまった。

「……みらんは、俺を見つけるプロなのか？」

戸惑っているうちに、みらんが接客をしていたお客さんたちも俺に注目するようになっていた。

隣にいるイケメンも、みらんに何か話しかけている。

みらんの「うんっ！」という大きな声が聞こえてきた。

「これは……さすがに帰るわけにはいかないな……」

応援団の練習の時は、みらんに手を振られただけだったけど、今は「こっちこっち」と呼ばれている。

注目される恥ずかしさに耐えつつ、俺はヘコヘコしながら挨拶に向かった。

「ど、どうも……！」

「修二〜っ！　来てくれたんだね！」

「みらん、ごめん……黙って見に来ちゃって！」

「えっ？　そんなの全然気にしないよっ!?　会えて嬉しい♪」

不機嫌にさせてしまうかも、と心配していたけど、みらんはむしろ喜んでくれた。

「あっ！　隼人《はやと》さんも来て来て！」

みらんは、様子を窺っていたイケメンを手招きして呼び寄せる。

「紹介するね、修二！　このお兄さんはね、華月《はなつき》隼人さん！　あたしの親戚で、花屋さんの店長だよ！」

華月隼人さん――。

やっぱり、みらんの親戚だったのか。

紹介されるイケメン親戚に俺は緊張しながら挨拶した。

「は、はじめまして……！　永沢《えいざわ》修二、です……！」

「華月隼人です。君が、みらんの許嫁の修二君か」

爽やかに自己紹介する隼人さんは、自分のあごに手を当ててじっと俺を見つめてくる。

「は、はい……！　仲良くしていただいております！」

「なるほど、なるほどね……ふんふん」

花や美術品を鑑定するかのような神妙な顔をする隼人さん。

棒立ちする俺を一通り見つめた隼人さんは、にこっ、とみらんに似た笑みを浮かべてきた。

「うんうん。みらんから聞いていた通りだ。安心したよ。よろしくね♪」

隼人さんは笑顔をより一層深めて、俺にスッと手を差し出してきた。

「え、あ！　よろしくお願いします！」

「よろしく♪」

俺は慌ててその手を握って挨拶をする。

とりあえず受け入れてもらえてよかった！

「みらんから許嫁の話を聞いた時から、一度は会ってみたいなぁと思っていたんだ。来てくれて嬉しいよ」

「そ、そうだったんですね。挨拶が遅れてしまって、すみません……」

「いやいや！　気にしないで！　僕はただの親戚だから」

そんな感じで軽く話をしたんだけど、隼人さんは遠目から見た通り、雰囲気も態度も性格も完璧なイケメンだった。

そして遠目から見た以上に、その陽キャパワーは圧倒的だった。

というか、まだ若いのに……二十代後半くらいに見えるけど、もう店長なんだよな。

「…………」

しっかり経験を積んでいそうな社会人、ということもあって、俺は隼人さんに完全に圧倒されてしまう。

みらん曰《いわ》く、隼人さんは小さい頃からみらんを妹のように可愛《かわい》がってくれて、みらん自身も本当の兄のように慕っていたらしい。

「隼人さん、心配性で、会うたびにあたしに色々言ってくるんだよ」

「あっはっは。それはほら、ねぇ……悪いなと思いつつ、昨今、色々あるからさ……」

「わかってるけど、ちっちゃい子供に対するのと同じ態度なんだよね！」

くすくす笑い合うイケメンと美少女ギャルは、本当に絵になるツーショットだった。


その後、俺は隼人さんのご厚意で、お店のカウンター側に椅子を用意してもらえた。

みらんの働く姿を少し見学した後、せっかくなので花を購入する。

隼人さんとみらんに選んでもらった花はとても綺麗《きれい》だった。

綺麗すぎて自分の部屋に飾るのはもったいないので、親にあげよう……。

「それじゃ、みらん頑張ってね……！」

みらんたちに挨拶した俺は花屋さんをあとにした。

その帰り道。

花を眺めながら、最近のみらんの姿を思い返す。

応援団のみんなと練習に励む姿……。

キラキラした隼人さんと一緒に、お花に囲まれて楽しそうに働く姿……。

俺以外の輝くみんなと一緒に頑張るみらんは、生き生きとして、きらめいていた。

「みらんは俺に感化されてバイトや応援団を始めたって言ってたけど……なんか、俺より遠くに行ってしまった気がするな」

しんみり呟《つぶや》いてからハッとなって、ぶんぶんっと強く首を振る。

「ここでネガティブ思考をしたって仕方ない」

みらんには、みらんの考えや都合、人生がある。

許嫁《いいなずけ》だからって、全部が全部、俺と共にある必要はないんだ。

そんなことを強要したら、それこそ本当にみらんに嫌われてしまうし、誇れる男じゃない。

「寂しい寂しいばっかり思うから、よくないんだよなぁ……」

この気持ちには、覚えがある。

昔、学校が終わったら一緒に遊びたいな、と思っていた友達が、すでに別の子と遊ぶ約束をしていることがわかった時の感情だ。

「こういう時は……一人でやれる遊びに没頭するべきだ！」

気晴らしをしてから帰ろう。

そう決めた俺は、駅近くのアニメショップの方角に足を向ける。

店が近付くにつれて、俺の足取りと気持ちはどんどん軽くなっていった。

一時的ではあるけど現実を忘れられるオタク趣味に感謝する。


そんな状況下で、俺は道端でとある光景を目にする。


「なぁなぁ、いいじゃん。ちょっとお茶するくらいさぁ」「もう買い物も終わったんでしょ？」

どうやら、陽キャ系の男二人が、女の子をナンパしているみたいだ。

「いや、あの、で、でも……」

見るからに女の子は嫌がっている。

「完全に断らないってことは、やっぱり嬉《うれ》しいんでしょ？」

「ちょっとだけだからさ！　個室でゆっくり過ごせる場所知ってんだ！　行こうよ！」

「…………」

男たちが大きめの声を出すと、女の人は怯《おび》えるように下を向いてしまった。

ちょっと……いや、かなり悪質なナンパだ。

助けに入るべきか逡巡《しゅんじゅん》する俺だが、難しい状況だ。

俺が間に入ることで、もっと面倒なことになる可能性だってある――。

スルーするか、警察に通報するかが一番無難な選択だと思う。

「……でも、放っておけない、よなぁ」

もしもみらんが同じ状況だったら……。

海でみらんをナンパ男から助けた時のことを思い返して、俺は気持ちを切り替える。

みらんは、はっきり「嫌だ」と言えていたけど、そうじゃない子は、やっぱり男の人に声をかけられたら怖いと思う。

やはり見て見ぬふりをして放っておくのは、かわいそうだ。

「あ、あのぉ～……ちょっといいですか？」

意を決した俺はナンパ男たちを刺激しないように、陰キャ感を出しながらぺこぺこと近付いていく。

「あ？　なんだお前？」

「す、すみません……ちょっと、気になったもので〜」

と無害アピールをしながら間に割って入る。

女の子は俺の参戦に驚いた様子で――。

「……あれ？」

その女の子を間近で見た俺は、目をしばたたかせた。

この女の子、どこかで見たことあるぞ……？

「え、永沢、さん？」

その声に俺はハッとした。

「……夢野《ゆめの》さんっ!?」

私服だからすぐに気が付けなかったけど、確かに『スイートピー』のバイト仲間、夢野さきさんだった。

声をかけてよかったと思う。

知り合いとわかったなら、なおさら放っておけない。

俺は気持ちを完全に戦闘モードに切り替えて、キッ、とナンパ男たちに向き直った。

「おい、なにガンくれてんだよ」「オレらは今、そっちの女の子と話してたんだよ。あっち行けや」

ナンパ男たちのターゲットは、俺に切り替わる。

俺は彼らを無視しつつ、さりげなく夢野さんが自分の背後にいられるよう、立ち位置をずらした。

「夢野さん、一応確認ですけど……この人たち、お知り合いじゃないですよね？」

「は、はいっ」

「この人たちと、お茶……したいですか？」

「……っ、い、嫌、です。いきなり声をかけられて、怖かった……です……」

「わかりました。それだけ聞ければ十分です。ありがとうございます」

俺は、すぅぅっ、と息を吸い込み、叫ぶ！

「すみませーん！　この男の人たち、強引に女の子を連れ去ろうとしてます！　助けてください！」

必殺、大声救難作戦だ。

ちなみに、この技を発動させるには、プライドを捨てないといけない。

「はぁっ!?」「お前、急に何を――」

「警察も呼んでくださいっ！　誰かーっ！　お願いしまーす！」

プライドなんてすでに地の底に這《は》っている俺は、大声で助けを求めまくる。

それもあって遠巻きに見ていた周りの人たちがざわつき始めた。

調子に乗っていたナンパ男たちが周りをキョロキョロと見て、困っているのがわかった。

「……夢野さん、今です！　行こう！」

「え、あ、は、はいっ！」

ナンパ男たちの意識が散った隙に、俺は夢野さんを連れてその場を脱出する。

目論見《もくろみ》通りナンパ男たちが追ってくることはなかった。


「……永沢《えいざわ》さん。ありがとうございました！」

絡まれていた道からだいぶ離れた後、夢野さんは俺に深々とお辞儀をしてくれた。

「い、いや、俺は、当たり前のことをしただけです……」

せっかくお礼を言ってくれているのに、漫画のテンプレートみたいなことしか言えない自分の語彙力が情けない。

「でも、助けてくれたの、永沢さんだけでした。本当に、心強くて……嬉しかったです」

「それなら、よかったです。いつも仕事でお世話になってますから。恩返しだと思ってください」

……うわぁ、キザな台詞《せりふ》だなぁ、とまたまた自分が恥ずかしくなる。

でも、夢野さんはバカにすることなく、何度もお礼を言ってくれた。

逃げるためにたくさん走らせてしまったせいか、夢野さんの顔は少し赤い。

呼吸も浅くて、胸をおさえていて、少し、落ち着きがなかった。

……まぁ、あんなことがあったばかりだし、当然か。

「本当に、本当に！　ありがとうございました！」

「あ、いえいえ、そんなそんな……」

夢野さんはお辞儀を繰り返す。

俺はふと、夢野さんが持っていたビニール袋が気になった。

「あれ、夢野さん。そのビニール袋って、アニメショップの……」

「っ……！」

指摘すると、夢野さんは慌ててビニール袋を後ろ手に隠す。

「あのこれは……その……」

恥ずかしそうに口籠る夢野さん。

俺は慌てて言った。

「あっ、別に、バカにしたわけじゃなくて！　そのお店、俺も好きでよく行くんですけど
……夢野さんも行くんですか？」

「えっ!?　は、はい。わりと……い、いえ、結構、よく……常連、というか……」

「本当ですか！　俺、見た通りのガチオタクなんですけど、夢野さんも……？　違ったら
すみません！」

尋ねた瞬間、夢野さんは両手で自分の口を覆いながら、凄《すご》く驚いていた。

その後、恥ずかしそうにしながら、消えそうな声でオタク文化が大好きだと俺に教えてくれた。

「ほ、本当に、びっくりしました……花山《はなやま》さんは、そうなんじゃないかなってなんとなく感じていたんですけど、永沢さんは全然、オタクだとは思っていなかったので……」

「えっ!?」

その言葉に俺は耳を疑った。

「俺、自分ではテンプレの陰キャで挙動不審なガチオタクだと思っているんですけど……見えませんでした？」

「さっき言われるまで、夢にも思いませんでした」

それは全くの驚きである。

「そんなふうに言われたの、初めてだなぁ……」

もしかしたら、みらんやギャル友達と過ごす中で、何かが変わったのかもしれない。

まあ……昔の俺だったら、さっきの強引なナンパだって、スルーしていただろう。

「というか、私も自分のこと、すごく典型的な陰キャ女だと思っているので……なんか、そういうもの？　だったり、するの、かも……？」

「あはは……。他人と自分の評価って、結構一致しないのかもしれませんね」

「ですね……。あぁ、でも、なんか、恥ずかしいです。バイト先では、なるべく普通でいようと思っていたのに……」

夢野さんは恥ずかしそうに、頬に手を添える。

そんな夢野さんを落ち着かせる意味も含めて、俺は一つ、提案をしてみた。

「実は、優助《ゆうすけ》と今度、バイト終わりにアニメショップに行こうって話していたんですよ。よかったら夢野さんも一緒に行きませんか？　確か、同じ時間帯にバイトが終わる日があったはずだし……」

「そ、そうですね！　みんなで行けば、また違う楽しさがありそうですし……お邪魔でなければ、ぜひ！」

「わかりました！　今度、優助にも伝えておきます！」

そんな約束を交わしつつ、俺たちはその場をあとにした。

「……気晴らしにアニメショップに寄るつもりだったけど、もういいか」

夢野さんとオタクトークができて、気分は凄く明るくなった。

そのことに感謝しながら、俺は自宅を目指した。

＊＊

『バイト上がりにアニメショップ来訪』


その計画は突発的に持ち上がったけれど、実現したのもすぐだった。

夢野さんを助けた数日後、三人が同時にシフトへ入っている日が重なった。

前までは店長とバイトの二人でお店を回していたが、店長の体調が悪いということで最近バイトの人数が増えていた。

バイトが終わった俺たちは、そのまま「じゃあ、行くか！」のノリでアニメショップへ寄ることになった。

「いやぁ、まさか修二《しゅうじ》だけでなく、夢野さんまでガチめのオタクだったとはなぁ」

優助はこんな感じでびっくりしていたけど、すぐに「同志が増えた！」と喜んでくれた。

これは全くの偶然なんだけど、俺たちの好みはわりと似通っていて、作品における思想や哲学・考察の内容でぶつかることはなかった。

そのお陰で、一緒に店に来てもストレスはない。

店内で立ち寄る場所の選別も、見て回る速度も、文句なしだった。

「こんなふうにオタク仲間たち数人でアニメショップに寄るなんて、初めてだけど……凄く楽しいよ」

「だな！」

俺の呟《つぶや》きを聞いた優助は、ニカッと笑う。

「わ、私もです……」

俺の隣にいた夢野さんも、頬に手を添えながら微笑《ほほえ》む。

頬を触るのは、照れたり緊張したりした時のクセなんだろうな。

とても、夢野さんらしい気がした。

「あっ、ちょっと待ってください！　発売未定だったあの本、予約開始してますよ！」

「マジかっ!?」

こんな具合で、店内で何かを見つけては、俺たちは盛り上がっていた。

バイト仲間三人によるアニメショップ訪問は終始、楽しいままで無事に終わった。


その後も、バイト上がりにアニメショップに寄る会は、何度か開催されることになった。

最初が楽しかったから、当然とも言える。

その中で、優助は夢野さんのことを店の外で「夢野」と呼ぶようになった。

それにならって、店の外では、夢野さんも俺のことを「修二さん」と呼ぶようになった。

俺も、夢野さん相手なら、あまり「女子だ」と意識せず、打ち解けて話せるようにもなっていった。

「……本当に、いいアルバイト先を紹介してもらえたなぁ」

応援団の練習と花屋さんの仕事で忙しいみらんとは、なかなかじっくり話せないままだったけど、俺の寂しさは少し、解消されたのだった。

「はぁ……気が重い……」

体育祭が目前に迫っていた。

俺とみらんが共にアルバイトを始め――。

みらんはその上に応援団の練習が重なる中、数ある学校行事の中で、もっとも陰キャ殺しとして名高いイベントが迫っていた。

教室で憂鬱に机に突っ伏して過ごしている俺のところへ、みらんが元気よく話しかけてきた。

「修二、なんの競技に出るか、決めた？」

応援団で練習しているからか、みらんの声は前よりもクリアに聞こえた。

「競技……まだ悩んでいるところ……」

顔を上げる俺に、みらんは心配げに言った。

「そうなんだ？　でも、今日のホームルームまでに決めないとだよね？」

「そうなんだよね……」

俺たちが通う高校では、必ず何かの競技に参加しないといけない。

それは、体育祭の間、絶対にどこかの場面では目立ってしまうということだ。

「悪目立ちしやすいんだよなぁ……俺……」

期限ギリギリになっても参加種目を決められないのは、その心配が原因だ。

どの競技を選べば、比較的目立たなくて済むか……。

みらんに、カッコ悪い姿を見られなくて済むか……。

競技の選択に全てが懸かっていると思うと、簡単には決められなかった。

「まぁ、ここはやっぱり、無難に障害物競走かな……」

純粋な身体能力で順位が決まるわけでもないし、俺以外の参加者も失敗をして笑われる可能性も高そう……という後ろ向きな考えで、この競技を選ぶことにした。

「障害物競走いいね！　修二のこと、精一杯応援するねっ♪」

応援団のみらんに応援されたらより目立ちそうな気がする……！

かといって応援しないでと言うほど俺もひねくれてはいない。

「ありがとう……みらん」

キラキラとした表情のみらんに、俺は純粋に感謝した。

授業が終わった後のホームルームで、俺は希望通り、障害物競走に参加できることになった。

「それじゃ、また明日ね、修二」

みらんはその後、俺に挨拶をして、ギャル友二人と一緒に応援団の練習に出発する。

体育祭の本番が近付き、みらんたちは応援団でより忙しそうにしていた。

普段から明るいみらんも、さすがに疲れて眠たそうにしていることもあるくらいだ。

俺はそんな忙しさを察して、以前よりも夜の連絡を控えている。

だから、学校でみらんと会話できるのは貴重な時間なんだけど、昼休みと放課後に応援団の練習があるから、やっぱりじっくり話すことはできない……。

「はぁ……憂鬱だ」

体育祭が近付いていること。

みらんとじっくり会話できないこと。

どちらも、陰キャな俺の気持ちに、さらなる影を落としていた。


放課後。

今日は、『スイートピー』でアルバイトの日だ。

仕事にもずいぶん慣れたもので、働き始めた頃よりも、俺はずいぶん気楽にシフトに入れるようになっていた。

「…………」

その日も目立ったミスはなく、そつなく仕事を終える。

退勤するためにスタッフルームに入ると、夢野《ゆめの》さんと優助に呼び止められた。

「……修二さん、あまり元気がないように見えますけど、大丈夫ですか？」

「えっ。元気がないように見えちゃってますか？」

あまり顔に出さないように気を付けていたのだけど……。

夢野さんが返答に困っていると、優助が代わりに言ってくる。

「お客さんには気付かれてないと思うけど、いつも一緒にいるオレたちが勘付く程度には、元気がないぞ」

「えぇ……マジかぁ……」

接客をする身としては、よくない動きだ。

気を付けないと、みんなやお店にも迷惑を掛けてしまうことになる。

「何があったんだよ？　力になれるかはわからないけど、話くらいは聞くぜ？」

砕けた物言いだけど、優助は茶化すふうでもなく、真剣な様子で俺に尋ねてくれた。

夢野さんも思いは同じようで、心配そうな視線を俺に向けてくる。

原因は明確だ。

体育祭の件、みらんの件……。

ただ、話したとしても、どちらも根本的な解決は難しい。

「なんだよ水臭いな。ゲロっちゃえよ」

「修二さんの力になりたいです」

でも、二人は力になろうとしてくれている。

何も話さないのは逆に失礼だよな……。

そう思って、俺は口を開いた。

「実は、体育祭が憂鬱でさ……」

二人とは仲が良いけど、みらんのことはまだ話していない。

なので、体育祭のことだけを話した。

二人は、すぐに俺に共感してくれた。

「強制参加って、マジかよー。それは憂鬱になるわ」

「私も運動が苦手なので、よくわかります」

「オレは苦手ってわけじゃないけど、あんなのはやりたい奴《やつ》だけでやればいいよな」

ただの愚痴になるのを心配していたけど、気を遣う必要はなかったみたいだ。

——運動は得意ではないし、できるだけ目立ちたくない。

——親族以外に、友人の観覧も許可されている。

——大勢の人が見に来るから憂鬱だ。

そんな話をつい続けてしまったけど、二人は俺の話を聞き続けてくれた。

二人が共感してくれると、なんだか気持ちが上向いてくる。

「体育祭っていつやるんだ？」

「次の祝日かな……」

「文化の日か……。その日ってオレ、シフト入ってたっけ？」

カレンダーとシフト表を見つめる優助《ゆうすけ》に、夢野さんが答えてきた。

「いえ、入ってないですよ。私もお休みです」

「おっ！　だったら修二《しゆうじ》、オレ、応援に行くよ！」

「えっ!?」

優助からのまさかの申し出に、俺は凄《すご》く驚いていた。

「あ、いいですね。修二さんの学校、私も行ってみたいです！」

「じゃあ、夢野も一緒に行こうぜ」

その夢野さんの申し出にも驚愕《きようがく》する俺。

「いやいやいや、そんな、悪いよ。うちの高校なんて見に来ても何もないし、体育祭だって普通だし……」

断るが、優助は「いやいや」と言葉を被《かぶ》せてくる。

「修二が何かやらかしてみんながしらけそうになったらさ、大声で励ましてやるよ。ああいうのって空気だから、一人でも大声で応援してると空気悪くならないじゃん？　それなら、ちょっとは憂鬱な気分も晴れるだろ？」

「それは……そうかもしれないけど……」

嬉《うれ》しいと思う反面、気も引ける。

口籠る俺に夢野さんも乗り気で言ってきた。

「修二さんの力になれるなら、私も頑張って応援しますよ？」

「修二の高校って、駅どこだっけ……」

優助と夢野さんは行く気満々で、当日の予定作りに着手していた。

その後、俺は何度か断ろうとしたんだけど、二人を止めることはできなかった。

＊＊

それから日にちが経《た》ち——。

俺の憂鬱な気分なんてお構いなしに、体育祭の日はやってきてしまった。

十一月に入ると、空気が冷たくなり冬の訪れを感じさせる。

俺は暑いのが苦手なので、このくらいの気候の方が好みだ。

でも、一年生の時は、体育祭に何一ついい要素がなくて、体育祭当日は今よりもダウナーな気分で迎えていた。

しかし――今年は去年と全然違う。


「フレーッ、フレーッ、あーかーぐーみっ♪」

その理由は、応援団のみらんの存在。
体育祭の開会式直後、グラウンドの中央で応援合戦をしてみんなを盛り上げている。
と、この日のために作ったという、チアガール風の衣装を着て、両手のポンポンを振り
「フレーッ、フレーッ」
回して一生懸命に声を出している。
みらんはいつも可愛《かわい》いけど、この日のみらんは特別、最高に輝いていて可愛かった。
応援団に参加する陽キャたちは、各クラスから集まった選《よ》りすぐりの人気者たちだ。
しかし、その中でもみらんは誰よりも華やかで目立っている。
みらんの両隣を飾る花子《はなこ》さんと阿月《あづき》さんも美人で目立っているんだけど、やはりみらん

は別格だった。

「……華月《はなつき》さん、可愛いなぁ」

隣にいたクラスの男子がぼそりと呟《つぶや》いたのを聞いて、俺はつい顔を向けてしまう。

「あ、ごめん……永沢《えいざわ》。怒るなよ」

「いやいや……怒ってないって」

みらんが俺の許嫁《いいなずけ》であることはみんな知っているから、気を遣われてしまった。

……でも、確かにみらんは可愛い。綺麗《きれい》だ。

性格も明るくて、頑張り屋さんで……非の打ちどころのない完璧な女子だ。

「…………」

競技が始まると、出番がない学生はテントの中に座り、自分の番を待ち続ける。

俺の出番はまだまだ先だ。

陽キャに属する、体育祭にガチで参加している連中は、紅組《あかぐみ》を応援し続ける。

その間、俺は競技ではなくて、みらんの動きをずっと見ていた。

応援団のテントの中、みらんは一生懸命に応援を続けていた。

「凄く練習したんだな……」

練習をとても頑張っていただけに、みんなとの動きは揃《そろ》っているし、淀《よど》みがない。

そういうふうに応援団のみらんを観察していると競技がすぐに終わる。

競技の合間は、応援団の短い休憩タイム。

その短い時間でも、みらんは本当にたくさんの生徒に話しかけられていた。

「応援ありがとう！　お陰で頑張れたよ！」

「本当？　よかったー♪　一位、おめでとう！」

声をかけられたみらんは明るく笑う。

こういう場面を見るといつも思うけど、みらんは本当に人気者だ。

それが誇らしい反面、俺は、やっぱり寂しさを覚えてしまう自分もいて。

……応援団の練習や、花屋さんで働く様子を見に行った時と同じ、ウジウジした感情を持て余してしまっていた。


「はぁぁ……もうすぐ出番か……」

みらんと自分の差について考えて気分が下がっているところに、出番の競技……障害物競走の開始が近づいてくる。

俺はどんどんダウナーになっていた。

「障害物競走の人ー、もうすぐ出番だから、そろそろ移動してー」

誘導担当の生徒の声に従い、重い足取りでテントから選手の入場ゲートがある方へ移動する。

途中、観覧席のそばを通る時に、俺は自分の親の姿を見つけることができた。

二人はみらんの両親と並んで場所を取っていて、仲良さそうにみらんの方を見ている。

俺の競技にはそこまで興味を示している様子はなくて少しホッとする。

「……期待されるより気楽でいいな」

もしも運動が得意だったら、この気持ちも違っていたのだろうか。

そんなことを思いながら、入場ゲートの方へのんびり歩いていく。

すると、「修二ー！」と声をかけられた。

「おーい！　こっちだこっち！」

「応援に来ましたよっ！」

振り向くと優助と夢野《ゆめの》さんだった。

移動する俺に声をかけるため、わざわざ近くまで来てくれたみたいだ。

「ほ、本当に来てくれたんだ？」

「当たり前だろ！」

「頑張ってくださいねっ！　あ、でも、怪我《けが》はしないように……！」

「うん。ありがとう、夢野さん！　優助も！」

お礼を言うと、優助は親指を立てて笑い、夢野さんは頬に手を添えながら目を逸《そ》らす。

「っていうか修二、バイトと学校で全然雰囲気違うなっ!? 別人かと思ったぞ」

「いや、それは優助もだし……夢野さんも、なんか今日は大人っぽいような……?」

当たり前だけど、二人とも私服だ。

優助はジーンズに上はパーカーで、いつもよりラフな格好で来ている。

それに対して、夢野さんは大人っぽいワンピースにカーディガンを羽織っている。よく見ると、少し化粧もしているみたいだ。

「せっかく応援に来たので、ちょっと、服装頑張りましたっ……!」

「そうなんですね……気を遣わせて、ごめん」

「いやいや、そんなそんな……」

「って、修二。もうみんな移動しちゃってるけど、行かなくていいのか？ なんかアナウンスも流れてたけど……」

参加者の人だかりが移動し始めており、俺は慌てた。

「あっ!? ごめん！ 行ってくる！」

二人に手を振って、俺は急いで入場ゲートへ走る。

「しっかりなーっ！」

……バイト先やアニメショップでしか一緒にいたことがなかった二人が、俺のために学校まで来てくれた。

その事実はとても照れ臭かったけど、やっぱり、嬉しいものだった。

さっきまでのダウナーな気分が嘘《うそ》のように吹き飛んで、代わりに、俺の心には明るい気持ちが差し込んでいた。

「……そういえば、体育祭で応援されるなんて、初めてだな」

だからと言って、過剰に張り切ってはいけない。

ここで分不相応に調子に乗ったら、失敗して悪目立ちしてしまうかもしれない。

応援してくれる二人に恥をかかせないためにも、身の程をわきまえないといけないんだ。

優助や夢野さんに心配させたくないし、ほどほどに頑張るぐらいの気持ちで走ろう。

前の競技が盛り上がり、応援団の声援も熱を帯びる。

陰キャな俺は平常心を保とうとしていた。


そしていよいよ、障害物競走が始まる。

レースは複数回行われて、順位に応じて白組・紅組にそれぞれポイントが入っていく仕組みだ。

俺が参加するレースは、クジ引きの結果最後になってしまった……。

できるだけ目立ちたくないのに、目立つ番で走ることになってしまっていた！

残念なことに、障害物競走で獲得したポイントは白組・紅組、共に五分。

全体の得点でも競っているので、応援の声もなかなか熱量が高い。

走る番になってスタートラインに立っただけなのに、すでに周りからは大きな声援が飛び交っていた。

「頑張れよーっ、修二《しゅうじ》～っ！」

いつの間にやら観覧席の最前列に移動していた優助《ゆうすけ》が、大きな声で応援してくれていた。

夢野さんも隣にいる。祈るように手を組んで、心配そうに俺を見つめている。

「………」

応援団がいるエリアには、みらんの姿も見えた。花子さん、阿月さんも一緒だ。

走者と同じく、応援団もスタートの号令を待っている。

これから走るトラックの上には、ありふれた障害物エリアが点々と設けられていた。

緊張はしていたけど……俺は不思議と落ち着いていた。

ダメで元々。無理はしない！

そんな精神が、きっと、俺に平常心を保たせてくれていた。

「位置に着いて！　よーい……」

パンッ！　とピストルの音が聞こえた瞬間、俺と他の走者は一斉にスタートした。

「フレーッ、フレーッ、あーかーぐーみっ♪」

スタートと同時に始まった応援団の声援を耳にしつつ、俺は障害物エリアに踏み込んでいく。

最初は、網の中を潜《くぐ》っていく定番のエリア。

その次は、平均台の上を落ちないように、バランスを取りながら進んでいく定番のエリア。

その次は、麻袋に入ってピョンピョン飛んでいく、定番のエリア……。

「つまり、定番のエリアしかないってこと！」

でも、これが意外と難しく、おまけに難易度も高めに設定されている。

たとえば、網の中を潜っていくエリアに特別な仕掛けはないけど、平均台を進むエリアは複数の平均台が並んでいて、途中、少し距離も離してある。

平均台から平均台へ移るには、ジャンプをしなきゃいけない。

その時に落ちると、また最初からだ。

そうやって何度も挑戦している姿が面白く映るためか、障害物レースはとても盛り上がっていた。

「目立ちたくないんだけどなぁ……」

言いながら、俺は最初の障害物、網の中を潜っていく。

レースに参加しているのは五人。

俺の順位は現在三位だった。

狙い通りの、良い位置だ。

成績的にではなく、目立たない、という意味で。

その後、麻袋のジャンプエリアでは、白線で作られた丸から丸へ、必死にジャンプさせられる。

俺も二回ほど落ちて、ようやく抜けることができた。

その後、例の平均台エリアでは全員がつまずいた。

「…………！」

これが単純ながら、体力的にめちゃくちゃきつい。

疲れてジャンプできる距離が短くなっていくと、失敗してまた最初からになる。

それを防ぐため、俺は時折休憩を挟みつつ、確実に進んでいく。急がば回れ、だ。

「いいぞーっ、修二！　落ち着いて行けーっ！」

休憩していると、優助の声が聞こえてきた。

「ふぁ、ファイトです！　修二さん！」

応援慣れしていなさそうな夢野さんも、必死に声援を送ってくれていた。手を振って応えると、二人とも俺より大きく手を振って応えてくれた。

応援団もフレーフレー紅組を繰り返し叫んでいる。

「フレーッフレーッ！」

その声援に交じってみらんはまっすぐ、俺を見てくれていた。

「完走くらいは、頑張らないとな」

呟《つぶや》いた後、休憩を終えた俺は複数の丸を連続で越えていく。

わっ、とみんなが沸いた——気がした。

残すはラストスパート。

最後は障害物なしの百メートル走だ。

「————」

偶然、三人くらいが俺と同じタイミングで麻袋を抜けてきた。

休憩を挟んでいたのに、俺の息はだいぶ上がっている。

体力の消耗は、思ったよりも激しい。

みんなは最後の盛り上がりを期待しているけど、俺は——冷静に、軽く流す感じで終わろうと考えていた。

足がもつれてみっともなくこけたりしたら、みんながっかりするだろう。

怪我をしたら優助や夢野さんも心配するだろうし、みらんもきっと悲しむ。

……俺も、傷付くだろう。

それなら最初から、ほどほどでやった方がいい。

「頑張ったね」で終わるくらいが、ちょうどいいんだ。

俺はそう思っていたけど、俺の大事な許嫁《いいなずけ》の考えは違った。


「……修二～っ！　がんばれぇ～っ!!」


俺を必死に応援する誰かの声。

聞き間違えるはずがない、大切な人の声……。

走りながら振り向くと、そこには走っている俺よりも必死な、みらんの姿があった。


「もうちょっとだよ～っ！　ファイトォーッ!!」


ぼんやりとだけど、今までの競技を見てきたからわかる。

本当なら、フレーフレー紅組《あかぐみ》をずっと叫び続けるのが、正しい応援スタイルだ。

その証拠に、みらん以外の応援団はちょっと困って、みらんを見ている。

「ホラホラ、みらんの彼ピーっ、がんばれ～っ！」

「アタシらがついてるよー！」

花子《はなこ》さんと阿月《あづき》さんだけが、みらんと一緒に応援してくれている。

「修二〜っ!!」

もう一度みらんに名前を呼ばれた瞬間、俺はハッとなる。

……そして、唐突にスイッチが入った。

「頑張らないと……っ！」

適当に流すことをやめて、俺は全力で走り始めた。

昔は、体育祭で大きな声を出して応援するなんて、意味がないと思っていた。

……これから先、一生、自分が体育祭で主役になるなんて、ないと思っていたから。

俺に期待して、俺を応援してくれる人なんて、絶対に現れないから。

でも、今は違う。

俺が一番になることを信じて、俺の背中を必死に押そうとしてくれている人がいる。

「そんなの……頑張らないわけにはいかないだろッ!!」

全力で走ったのなんて、いつぶりかわからない。

たぶん、フォームなんてめちゃくちゃだったはずだ。

でも、それは疲れている他の走者も同じで——。

だから、みらんの声援のお陰で、自分の限界を超えて走ることができた俺が、この場では一番有利だったんだ。

全員を抜き去ってゴールテープを切った瞬間――。

「――――！」

周りが一斉に盛り上がったのがわかった。

一番の旗を受け取りながら、俺は応援団の方を見る。

「きゃーっ！　やった、やったよっ。花子っ、阿月っ！　修二が一番っ！　一番だよぉっ！」

みらんはぴょんぴょん飛び跳ねて、花子さんと阿月さんに抱き留められている。

「よかったねぇ～」

「てか、みらん、泣いちゃってるじゃん～」

よしよし、とみらんは二人に慰められている。

その間に、遅れていた最後の走者もゴールした。

障害物競走に参加した俺たちは、もう一度大きな拍手を浴びる。

「……人生で初めて、体育祭でこんなに応援してもらったなぁ」

主にみらんからだったんだけど……。

でも、悪くない気分だった。

……目立ちたくないとずっと思っていたけど、やっぱり、嬉《うれ》しかった。

cheer

前半の競技が終わり、昼休憩が訪れる。

「二人ともありがとう」

両親とお弁当を食べる約束をしているのだけど、俺は一度、優助と夢野《ゆめの》さんのもとへ向かった。

俺の姿を見つけると、二人は大喜びで迎えてくれた。

「やったな、修二っ！　ちゃんと走れるじゃねぇか！」

「お疲れさまでした！　カッコよかったです……」

褒められた俺は、柄にもなく照れてしまってうまく喋《しゃべ》れなかった。

「お昼、家族で食べるんだろ？　オレと夢野のことはいいから、早く行ってこいよ。オレたちは適当に食べるからさ」

「ごめん……また後で必ず来るから！」

「わかりました。行ってらっしゃい！」

二人と別れて、両親とみらんの家族が待つ場所へ向かう。

俺が到着する前から、親同士は仲良く、楽しい時間を過ごしていたらしい。

いつもよりオシャレにキメた母さんは、普段よりも数オクターブ高い声でみらんの母親と談笑している。

のんびりお茶を飲んでいた父親二人は、俺の姿を見つけると「おっ」と反応してくれた。

「修二《しゅうじ》、障害物競走、頑張ってたなぁ」

「素晴らしかったよ。許嫁の親として、私も鼻が高い」

「あ、いえ、そんな……」

急に褒められて、俺はまた照れて何も言えなくなってしまう。

そんな中、みらんのお父さんが何かに気付いた。

「みらんも、こっちへ来なさい」

えっ？　と思いながら振り返ると、みらんが俺のすぐ近くにいた。

「……残念。驚かせようと思ってたのにっ」

イタズラっぽく笑うみらんの表情に、俺はズギュンと胸を射抜かれる。

チアガール風の衣装に不意打ちの効果もあって、数倍の攻撃力を有する破壊的な笑顔だった。

「ほらほら、早く座ろっ」

「う、うん……」

みらんの両手に背中を押されながら、俺は両親が座るシートへ腰を下ろす。

母親たちも俺たちに気が付いて、お弁当タイムが始まった。

「ちょっと作りすぎちゃったかしら？」

「大丈夫ですよ。修二はなんだかんだで、よく食べますから。目を離すとすぐにジャンクな食べ物に手を出しちゃって――」

調子よく話す母さんに、ツッコミを入れたくてしょうがない……。

そんな気持ちを抱えながら、俺はおかずに箸を伸ばす。

俺の隣に座るみらんも、同じように好みのおかずを選んでいた。

「ねぇねぇ、修二。さっきの障害物競走、すっごくカッコよかった！　あたし、感動してちょっと泣いちゃったんだ～」

照れたように言うみらんに、俺は照れ臭く頷《うなず》いた。

「う、うん、見てたよ……。みらんの応援のお陰だよ」

「本当っ？　ちゃんと聞こえてた？」

「もちろん。みらんの声がちゃんと届いてたから、凄《すご》くパワーが出たんだ」

あれだけパワーを出したことなんて人生で一度もなかった。

「そっかぁ～。そんなふうに言ってもらえるなんて……どうしよ、すごく嬉しいっ♪」

応援してもらって喜んでいたのは俺の方なのに、みらんは凄く喜んでくれた。

そのみらんを微笑《ほほえ》ましく見る俺は、今更ながら気付く。

大事なことを言うのを忘れていた。

「みらん……その服、凄く似合ってる……っ」

みらんは表情を輝かすと嬉しそうにはにかんできた。

「ありがとう！　花子と阿月と頑張って作ったんだよ～」

ご飯を食べながら、俺たちはゆったり、じっくり会話を重ねる。

最近、忙しさのせいで失ってしまっていた、大事な時間だ。

学校で顔を合わせると挨拶はしていたし、休み時間に話したりはしていた。

だけど、こんなふうにご飯を食べながら落ち着いて話す時間は、最近本当になくなってしまっていた。

「なんか、こんなふうに修二と話せるの、久しぶりだね～」

「……っ！」

みらんも同じ気持ちだったとわかって、不覚にもじーんとなってしまう。

「どうしたの修二？」

「いや、なんだか凄く嬉しくて……」

「あたしもすごく嬉しいよ」

ニコニコと笑顔を向けてくるみらん。

もうご飯は食べ終わったけど、まだ昼休憩の時間は余っている。

このまま、もう少し話せたら——。

と思ったところで応援団らしき生徒が走ってきた。

「あっ、みらん先輩～っ！」

名前を呼ばれたみらんが振り返る。つられて、俺も同じ方向を見る。

みらんと同じチアガール風の衣装を着た女子が、ぶんぶんと手を振っていた。

「団長から連絡です！　お昼食べ終わったら、中庭に集合だそうです！」

「あ、うんっ！　わかった！」

みらんが返事をすると、女子は去っていく。

「……ごめんね、修二。あたし、行かないと」

残念そうな顔をするみらんに、俺は気にしないでと首を振った。

「応援団はやっぱり大変だね……。俺のことは気にしないでいいから、行ってらっしゃい！　頑張って！」

「うんっ！　ごめんねっ……」

名残惜しそうに手を振ってから、みらんは走っていった。

その背中を一緒に見送った俺の父親が、俺に話しかけてくる。

「……みらんちゃん、大人気なんだなぁ」

「うん……引っ張りだこだよ」

あの様子だと、先輩後輩問わず、みんなから慕われてそうだ。

俺なんかには想像もつかないコミュ力、信頼の厚さだ。

そんなみらんに感心しつつも、陰キャな俺はやっぱり寂しさも感じてしまう。

みらんが行ってしまうと、俺の周りには大人しかいなくなる。

「…………」

二組の両親に挟まれた状態だ。空気的に非常に辛《つら》い。

俺にも話題を振ってもらえる場面もあったけど、どうしたって話は弾まない。

居場所がなくなった俺は、優助《ゆうすけ》と夢野さんのことを思い出し腰を上げた。

「ごめん。ちょっと友達のところに行ってくるよ」


捜し始めてから数分。

端っこの方に陣取っていた優助と夢野さんをすぐに見つけることができた。

「あれっ、修二。早かったな！」

コンビニで買ってきたらしいパンを頬張りながら、優助は驚いていた。

「家族の方はもういいのか？」

「うん。問題ないよ」

答える俺に、夢野さんはなぜか心配げな表情を浮かべてきた。

「あの、修二さん。さっきの女の子は……」

「え？」

「……あっ、いえ、なんでもないです」

夢野さんは慌てて口を閉ざして、頬に手を添えて下を向いてしまう。

さっきの女の子……？

みらんのことか？　それとも他の子のことか？

首を傾《かし》げていると優助がテンション高く口を開いた。

「まぁっ、いいならいいや！　ちょうど話したいこともあったしな！　修二、見てくれよこれ！」

ちょうどパンを食べ終えた優助が鞄《かばん》から何かを取り出す。

その正体がわかった瞬間、俺は「あっ！」と声を上げる。

「今日から始まるコンビニ十番くじの！」

「そう！　来る途中に偶然見つけてさぁ〜。修二の推しのグッズ、ダブったからやるよ」

「本当!?　優助、キミって奴《やつ》は……なんてイイ奴なんだっ！」

「よかったですね、修二さんっ！」

それをきっかけに、俺たちは始まったばかりの秋アニメについて語り合う。

今期の覇権を取りそうなアニメはどれか。

自分はどの作品を推していくのか。

体育祭の当日に話すようなことでもないし、将来や人生のプラスになるような話題でもなかったけど、とても充実した時間だった。

「修二さん。私、クッキーを焼いてきたんですけど、味見してみますか……？」

「え！　いいんですか？」

「もちろんです！」

夢野さんは嬉《うれ》しそうに鞄から紙袋と水筒を取り出す。

「紅茶もあるんですよ。店長から『スイートピー』のフルーツティーを分けてもらえたので、水筒に入れてきたんです」

夢野さんが紙コップに注いでくれた紅茶は保温されていて、湯気が立った。

素朴で優しい甘さを持ったクッキーとフルーツティーは、相性抜群だ。

「これ、凄く美味《おい》しいですよ！　夢野さん」

「よかったです。いっぱい食べてくださいね」

「……夢野、それ、オレも貰《もら》っていいのか？」

「もちろんです……！」

美味しいお菓子とお茶をいただきながら、アニメ談義からゲーム談義、そこからさらには漫画談義へ——そうして一周してまたアニメ談義へと戻ってきた。

笑顔と熱の絶えない最高の時間だったけど、終わりを告げるチャイムが鳴る。

体育祭の後半の準備を促す放送委員のアナウンスが学校中に響いた。

「あっ……もう時間ですね。修二さん、行かないと……」

ちょうど夢野《ゆめの》さんが好きなアニメキャラの話をしているところだったので、夢野さんは寂しそうだった。

……俺の体育祭の出番は、昼前にやった障害物競走だけ。

その出番はもう、終わっている。

クラスのテントに戻っても、みらんは応援団でいない。

花子《はなこ》さんも阿月《あづき》さんもいないから、俺に話しかけてくるクラスメイトは、誰もいないわけだ。

それなら、いっそ……。

「修二、行かないのか？」

「うん。俺、優助と夢野さんと一緒にいるよ」

「えっ。いいんですか？」

「出番が終わったから、もうやることもないし……」

「でも、怒られるんじゃ……」

心配する夢野さんに俺は笑いかけた。

「何か言われたら、戻りますよ。せっかく夢野さんが楽しそうに話していたところだったし、気にせず続けましょう」

「……っ。はいっ」

夢野さんは嬉しそうに笑ってくれた。

その後、俺たち三人はクッキーとフルーツティーを味わいながら、気の済むまでオタクトークにどっぷり浸《つ》かった。

たまに、みらんの晴れ姿を見るため、応援団がクローズアップされるイベントの時だけは抜けたけど——それ以外の時間はずっと、三人で体育祭を過ごした。

体育祭が終わりに差しかかると、スマホにみらんから連絡があった。

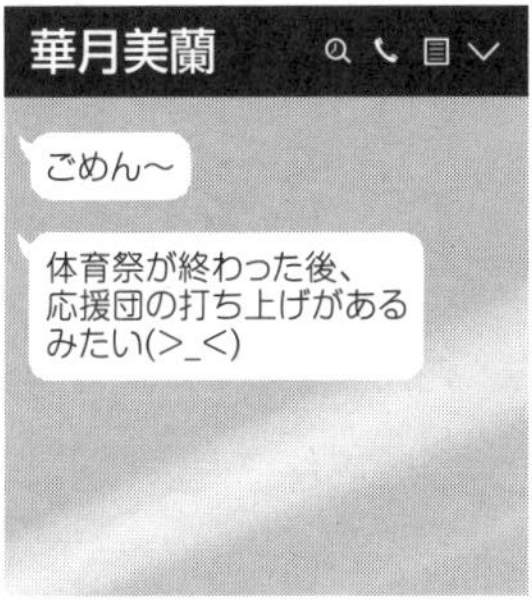
華月美蘭
ごめん～
体育祭が終わった後、
応援団の打ち上げがある
みたい(>_<)

を送り返した。

「そっか……」

予定が空いていたら一緒に帰ろうと話していたんだけど、無理そうだった。

俺はみらんに、『大丈夫だよ』『せっかくの打ち上げだから楽しんできて』といった文章を送り返した。


「いやぁ～、今日は楽しかったなぁ～」

体育祭は終わりを告げ、優助が満足そうに笑った。

はい、と夢野さんも頷《うなず》く。

「また三人で、どこかお出かけするのもいいですね」

「そうだな。アニソン歌いに、カラオケでも行くか！」

「それ、めっちゃいいね……」

思わず、俺も条件反射で賛成してしまった。

「すごく楽しそうですけど、その前に、明日のバイトですね」

「そうだった。……修二《しゅうじ》、疲れてるだろうけど、頑張ろうな」

「うん。それじゃあまた明日、『スイートピー』で！」

「はいっ！　お疲れさまでした！」

そんな具合に挨拶を交わして、俺たちは解散した。

教室で帰宅の準備をする前に、一応両親たちのところへも寄っていく。

「あら、修二。どこ行ってたの？　さっきみらんちゃんも挨拶に来てくれたのよ？」

「そうなんだ……」

直接みらんと挨拶したかったな。

みらんも帰り支度をするだろうし、急いで教室に行けば少し話せるかも？

そう思った俺は教室まで走ってみたけど、残念ながらみらんはいなかった。

よくよく考えると、当然だ。

みらんは応援団だから、女子更衣室で衣装から制服に着替えて、そのまま打ち上げに行くはずだ。


帰り道。

夕日に染まる空を見上げながら、俺は一人でのんびり歩いていた。

途中、ぼんやりと呟《つぶや》く。

「昼休憩の時は少し話せたけど、その後はみらんとあまり話ができなくて、残念だったなぁ……」

でも、体育祭が終わったから、少しは落ち着くはずだ。

そうなれば、これからみらんと話す時間は増えるに違いない。

「優助たちと遊びに行くのも楽しみだけど、みらんとも久しぶりにデートに行きたいよな」

どこがいいか、考えておこう……。

そんなことを考えながら、家路についた。

この時の俺は——体育祭での行動があんな噂《うわさ》の原因になるなんて、夢にも思っていなかった。

「イイ感じの空気だ……」

体育祭が終わると、校内の空気は元の緩い感じに戻っていた。

三年生に向けて受験の準備を本格化させるにはまだ早いし、年内の学校行事にはもう大きなものはない。

私生活においても、大きなイベントとなればみらんの誕生日とクリスマスくらいしか思い当たらないし、それも、もう少し先だ。

そんなわけで、落ち着いて机に突っ伏せると思った俺だったが——。

「あ！　あの人、噂の……」

「あぁ、知ってる……でも、納得っちゃ納得だよね……冴《さ》えないし……」

何やら俺の周囲がちょっと騒がしかった。

登校中も俺はただ歩いてるだけなのに、周囲の学生はちらちらとこっちを見てくる。

女子なんかは、露骨に俺の陰口を囁《ささや》いているような感じだった。

「…………？」

聞こえていないふうを装って耳を傾ける。

どうやら、俺のことが噂になっているみたいだ。

しかもあまり良くない感じだ。

登校してからも、あちこちから聞こえる話に耳を傾ける。

「どこからそんな噂が……」

噂の内容をあらまし理解した俺は深く嘆息する。


——俺とみらんが許嫁《いいなずけ》の関係を解消して、別れたのではないか？


そんな噂が学校中に広まっていた。

本人である俺の耳にも入ってくるくらいだから、この噂はほとんどの生徒の耳に入っているかもしれない。

発端は、俺とみらん、双方のそばで別の異性を目撃したことらしい。

みらんの場合は——。

休日、とんでもないイケメンと一緒に歩いていて……。
さらにイケメンが運転する車にみらんが乗って、送られていったトカ。
別れ際も仲良く、親密に話していたトカ。
とても雰囲気がよく、ただの友達には見えなかったトカ。
あと、一緒に買い物をしているところも見たトカ。

……そんな内容だ。

一方、俺の場合は——。
俺が、清楚《せいそ》系の女子と一緒に買い物をしている姿を見かけたトカ。
見慣れない女子だったから、おそらくは別の学校の人だろうトカ。
なのに、体育祭でその女子が俺の応援に来ているのを見かけたトカ。
実際、体育祭の昼休憩の時、仲良さそうに話し込んでいるのをバッチリ見たトカ。
これは、何かあったに違いない——というものだった。

というのが、噂の発端であり中身だ。
俺がみらんに愛想を尽かされ、フラれたというのがみんなの見解だった。

この噂話を受けて、他のクラスの陽キャたちは俺に対して、好き勝手に陰口を叩《たた》いていた。


普通だったらショックを受けるかもしれない。

ただ、俺は特に気にしていなかった。

陰キャゆえに俺は、陰口を叩かれることに慣れている。

「……こんなの可愛《かわい》いレベルだよな」

ただまあ、恋愛関係で噂になるのは初めてだったので、そういう意味で驚きはした。

それでも、俺に慌てる要素は全くない。

なぜなら、俺は全ての事情を知っている。

みらんと一緒にいるところを目撃されたイケメン——。

それは間違いなく、みらんの親戚でありバイト先の店長、隼人《はやと》さんのことだろう。

あの人なら『とんでもないイケメン』と表現されるのも納得だ。

バイトが終わった後、遅くなって暗かったから、車でみらんを自宅まで送ったに違いない。

買い物も、仕事に必要なものを仕入れに行ったか、仕事上がりに一緒に夕飯を食べるか作るかの話になって、スーパーに寄っただけだろう。

みらんと隼人さんは小さい頃から仲のいい親戚なんだから、全然あり得る話だ。

一方、俺の方の噂も簡単に説明がつく。

清楚系の女子というのは夢野《ゆめの》さんのことだろう。

一瞬、ひかりさんのことかと思ったがキャラが違いすぎるし、噂になるにしても前に会ってから期間が離れすぎている。

俺が女子と一緒に二人でいるところを見た……というのは、おそらくバイト終わりに三人でアニメショップを巡った時を目撃されたのだろう。優助《ゆうすけ》は度々単独行動をするので、夢野さんと二人になった時を見られたんだと思う。

体育祭の時は、優助が常に一緒にいたはずだけど……なぜか都合よく、優助はいなかったことにされたみたいだな。

こういう噂話は、みんなにとって都合のいい方へ捻《ね》じ曲げられるものなんだ。

「……みんなは、俺がみらんにフラれることを望んでいるんだろうなぁ」

人間、噂をする時は『こうだといいな』『こうだと面白いな』という願望を交ぜるものだ、という話をどこかで聞いたことがある。

「それだけ、みらんが人気者ってことなんだよな……」

その人気は、体育祭の応援団で一際目立ったことにより、さらに燃え上がっているみたいだ。

非公式で行われている『付き合いたい女子ランキング』『校内ミスコン』ではぶっちぎりの一位を獲得したのだとか……。

「まぁ、ともかく、俺はみらんを信じているから、噂については何も気にならないわけで……」

今、教室に向かっている最中も現在進行形で陰口が聞こえてきているけど、焦りも痛みも、何もない。人の噂も七十五日。

消えるのを待つだけだ。

「…………」

……でも、みらんは、きっと違う。

みらんは人気者だから、陰口に慣れていないかもしれない。

あと、俺はみらんを信じているけど、みらんは、俺と夢野さんの件を気に病んでいるかもしれない……。

そう思うとなんだか不安になってくる。

「俺の噂の件は、変な誤解がないように、ちゃんとみらんに説明しないとな……」

ここまで広まっているなら、みらん本人の耳にも噂が届いているはずだ。

会った時に、しっかり話さないとな。

そんなことを考えながらいつものように教室の机に突っ伏して、みらんを待っていると――。

「修二《しゅうじ》っ！　あのっ……ちょ、ちょっといいっ!?」

みらんが教室に入ってきて早々に、俺のところに飛んできた。

「う、うん！」

声をかけてきたみらんは、明らかに焦っていた。

鞄《かばん》を置いた後、俺は、手を引っ張られながら、教室の外へ連れていかれる。

……みらんの手にはぎゅうっと力がこもっていた。

途中、花子《はなこ》さんと阿月《あづき》さんが俺たちの方を見つめていることにも気付いた。

珍しく、二人とも真剣な顔をしていた。

校舎の人気《ひとけ》のない隅の方へ移動すると、みらんは気まずそうに話を切り出してきた。

「……修二。あたしたちのこと、噂になってるんだけど……知ってる？」

「あぁ、うん……俺たちが別れたんじゃないかって話のことだよね？」

「そう……」

しゅん、とみらんは肩を落とす。

「あたし、花子と阿月から言われて知ったんだけど、すごくショックで……」

悲しげな顔をするみらん。

「なんでそんな話になってるのっ!?　て聞いたら、あたしが他の男の人と一緒にいるのを見た人がいるからだって……でもそれ、違うからねっ！」

焦ったように訴えてくるみらんを俺は宥《なだ》める。

「みらん、落ち着いて。わかっているから。一緒に買い物に行ったのも、車で家まで送ってくれたのも隼人さんなんだよね？」

「っ、そうっ！」

みらんはホッとした様子で同意してくれた。

「お買い物は、お店で必要なものが切れちゃったから、お店が終わった後に補充に行っただけで……その時、もう遅かったから、久しぶりに食べて帰ったら？　ていう話になったの。それで、食べ終わった後は、車で送ってもらって……」

「あぁ、やっぱりそうだったんだ」

全部、想像していた通りだったみたいだ。

「俺もきっとそういうことじゃないかなと思っていたんだ」

「本当っ？　あたしのこと、怒ってない……？」

「え、なんで？」

「だって……みんなに噂《うわさ》されるようなことしたから……」

「いやいや、みらんが悪いわけじゃないから、全然気にしてないよ！　俺は、みらんを信じてたから……」

みらんは一瞬、きょとんとなった後、すぐにパァッと明るい顔になった。

「……ふふっ。そっか。修二、ありがと！」

「うん……！」

でも、明るかったのは、一瞬だった。

みらんはまたすぐに、申し訳なさそうな表情に戻ってしまう。

「……でも、本当にごめんね。あたし、修二に誤解させたんじゃないかって、すごく心配だったんだ……こんなふうに噂されるの、初めてだし……」

やっぱり、みらんはマイナスな噂の対象になることに慣れていないみたいだ。

「みらん……噂を聞いたってことは、俺の方の話も聞いたのかな？」

「うん……修二が別の女の子とデートしてた、って話だよね？」

「デ、デート……!?」

どうやら、俺が聞いた噂よりも、過剰表現をしている噂があったみたいだ。

「……ごめん、みらん。ちょっと、俺の話を聞いてもらえる？　みらんがさっきしてくれたみたいに、ちゃんと事情を説明したいんだ」

うん、とみらんは神妙な顔で頷《うなず》く。

それから、俺はみらんに一つ一つ、丁寧に説明を続けた。

夢野さんはアルバイト先、『スイートピー』の同僚で、ただのオタク仲間。

「最初はオタクだなんて夢にも思わなかったんだけど、アニメショップの近くでしつこくナンパされているところを助けてから、仲良くなって……」

そこに、優助も加わって、俺たちは三人で仕事上がりにアニメショップを巡るようになった。

三人で話をするためのREINグループも立ち上げてるけど、そこにはアニメや漫画、ゲームの感想がずらり。

体育祭も、俺が「失敗して悪目立ちしたらどうしよう」とダウナーになっているのを心配して、二人が応援に来てくれただけ。

「もしも信じられないなら、REINグループのメッセージもみらんに見せるよ」

「ううん、そこまでしなくて大丈夫。あたしも、修二のこと信じているから……」

にこっ、と微笑《ほほえ》まれた俺は、じーんと胸が熱くなってしまう。

常々思っているけど、陰キャな俺にはもったいない許嫁《いいなずけ》だ。

同時に、こんなにイイ子を少しでも不安にさせてしまった自分が不甲斐《ふがい》なかった。

「他に何か、不安なこととか、訊《き》きたいことはある？」

「大丈夫だよ！　噂を聞いた時、修二のことだから、きっとただのお友達なんだろうな、とは思っていたんだ。やっぱり、って納得した。体育祭でも、二人きりじゃなくて、男子が一緒だったの見てたしね」

「あ、そうだったんだ」

見られていたなんて、全然気が付かなかったな……。

「だから、全然心配してなかったんだよ。それは、本当」

口ではそう言っていたみらんだったけど、「でも……」と不安げな顔になる。

「その、夢野さんって子は、たぶん修二のこと……」

「……？　俺の、こと？」

「あっ、ううん。なんでもないっ。忘れてっ！」

忘れて、と言われると余計に気になってしまう。

しかし、深く尋ねられそうな雰囲気じゃなかったから、俺は我慢することにした。

「…………」

……やましいことはないし、お互いに話をして納得できたけど、みらんに不安な顔をさせてしまったのは事実だ。

みらんは人気者だから、よほどのことがない限り悪くは言われないはずだ。

俺の方はもっと、気を付けないとな……。

そうじゃないと、俺の許嫁だと公言しているみらんに迷惑が掛かってしまう。

「状況が確認できてスッキリした！　朝から本当にごめんね、修二」

「ううん。俺も、早く話せてよかったよ……」

「うん。えへへ……」

みらんは嬉《うれ》しそうに笑う。

俺と仲直り？　できたことが、とても嬉しいみたいだった。

……あぁっ、本当に、可愛《かわい》いなぁ。

大事にしないと……。

「みら～ん、彼ピとの話、終わったー？」

「超仲良ピじゃんー」

タイミングを見計らっていたのか、花子さんと阿月さんが現れて、いつもの様子で近付いてきた。

「うんっ！　ちゃんとお話しできたよ！」

「よかったねー」

「結局、何もなかった系？」

「もちろんっ！　噂なんて、全然アテにならないんだから」

みらんの言葉に、ギャル友二人は「うんうん」と頷く。

「そういうもんだよねー。でもさぁ、それはそれ。嘘《うそ》の話がんがん流されるのは、やっぱり迷惑じゃんねー」

「元クラのイツメンに顔が広いのいるからさ、あの話全部デマだってみんなに言ってもらうようにするわ」

「うん、ありがとう！　それで、ちょっと収まるといいな……」

「だねー」

「まぁ、すぐっしょー。こういう話で盛り上がりそうな奴《やつ》らって、だいたい想像つくし〜、そいつらが黙るようになったら、すぐすぐ」

とんとん拍子に話が進んでいく中、俺だけが置いてけぼりだ。

ただ、ギャルは敵に回してはいけないと思った。

「彼ピー、たぶんすぐに効果出ると思うから、もうちょっと我慢してねー」

「ただの噂だし、俺は気にしてないですけど……」

「だめだよっ！」

みらんが珍しく俺の言葉を否定してきた。

「あたし、修二が悪く言われているの我慢できない！　修二は、みんなが言うような人じゃないんだから」

……じゃあ、花子さんと阿月さんも、俺のために？

戸惑っていると、ギャル友二人はニヤニヤしていた。

「ラブラブじゃ～ん」

「超仲良ピ～」

俺もみらんも、照れまくりだった。

……でも、本当は凄《すご》く嬉しかった。

＊＊

俺とみらんが互いに事情を話し合い、噂への対策を話し合ってから、数日後のこと。

通常、陰キャに対しての噂や悪口は、頑固汚れのようになかなか消えない。

これは俺——永沢《えいざわ》修二による、永沢修二の人生体験に基づく確かな検証結果であり、事実だ。

しかし、スクールカーストのトップで人気者のみらんの噂は、ギャル友二人の協力もあったお陰か、あっさり鎮火した。

具体的には、対策を話し合ってから三日程度で、例の噂のことを話す人はいなくなっていた。

ここまでなら、「やっぱりみらんは人気者だなぁ」で済む話なんだけど……今回は違う。凄いことに、みらんだけでなく、俺のことを悪く言う人たちも、五日程度で跡形もなく消えていた。

これは、俺の陰キャ人生の中で初めてのことだった。

「……やっぱり、ギャルたちの力って凄いんだなぁ」

花子《はなこ》さんと阿月《あづき》さんには、感謝しないといけない。

もちろん、みらんの人気と、それを支えているみらん自身の人柄の良さにも、感謝を忘れてはいけない。

そして、俺自身は気を付けないといけない。

もう二度と、みらんに不安や誤解を与えたくなかった。

「思えば、文化祭の後、ひかりさんと色々あった時も、似たような状況だったんだよな……本当に気を付けないと……」

具体的には、夢野《ゆめの》さんをはじめ、みらん以外の女子と二人きりになるのは、なるべく防がないとだめだ。

意識がまだ足りてなかったな……。

「そうすれば、元々陰キャな俺が誰かと噂になることなんて、そうそうないはずだし……」

注意さえしていれば、もう何も心配いらない。

俺は人知れず、気を引き締めていた。

＊＊

ところが、俺の予想に反して、状況はまたまた、思いもしない方へ転がっていく。

＊＊

「あっ、修二《しゅうじ》さん！　この前、おすすめしてもらったアニメ、観《み》ました！」

とある日の放課後。

俺はいつものように、学校上がりに『スイートピー』でアルバイトをしていた。

その休憩中、同じタイミングで休憩に入っていた夢野さんが嬉しそうに、俺に話しかけてきた。

最近、こういう場面が増えている。

みらん以外の女子と誤解されないような行動を取ろう、という俺の意識に反して、夢野さんは俺と二人きりで話をしようとしてくる。

仕事中に話しかけられることも増えた。

ちょっとしたこと——たとえば、

「修二さんはテーブルのお片付けがとても丁寧ですよね」

とか、

「笑顔で接客してて素敵です」

とか、そういう細かいことをめちゃくちゃ褒めてくれるようになった。

褒められることに関しては喜ばしいことだが、今まで生きてきて、そんなふうに接してもらえたことがなかった俺は、正直言ってちょっと戸惑っていた。

でも、夢野さんには仕事中、とてもお世話になっている。

邪険にするわけにはいかないし、アニメをすすめたのは俺だし……というわけで、俺は夢野さんの話に付き合っていた。

「修二さんがおすすめするだけあって、もう続きが気になっちゃって気になっちゃって

「……」

「でも、そのアニメ、まだまだですよ。これからもっとやばくなりますから」

「本当ですかっ!?」


そんな話をスタッフルームでした日の夜。

宿題と明日の準備を終えた、自由に過ごせる——オタクのゴールデンタイム。

優助《ゆうすけ》も交ざっているREINの三人グループチャットに、夢野さんから発信があった。

『修二さんっ！　感想！　感想、話したいです！』

興奮が伝わってくるメッセージの後に、夢野さんからグループチャットではなく、個別にREINが飛んできた。

『ごめんなさい！　あっちだとログが流れて、花山《はなやま》さんに迷惑が掛かりそうだったから、こちらで！』

夢野さんは、オタク特有の長文感想を俺に送ってくれた。

作品への愛だけでなく、この素晴らしい作品の存在を教えてくれた俺への感謝もたくさん書いて送ってくれた。

『気に入ってくれたなら、よかったです。おすすめして正解でした(^^)/』

この返事は本音だった。布教した身として当然、悪い気はしなかった。

ただ……みらんへの申し訳なさは、もやのように俺の心を覆っていた。

『他にも、何かおすすめってありますか？　私、修二さんのおすすめは全部観てみたいです！』

だけど、夢野さんのこの昂《たかぶ》りも、オタクとしてはとてもよくわかる。

距離感を間違えないように意識しつつ、俺はバイト仲間であり、オタクの同志でもある夢野さんと話を続ける。

＊＊

またまた別の日のこと。

「修二さん、お疲れさまです～」

放課後のアルバイトが終わり、『スイートピー』のスタッフルームでまた夢野さんと一緒になった。

流れで、夢野さんと軽いアニメ談義になる。

そのまま二人で店を出た後も、夢野さんは俺に話しかけてくる。

「修二さん、よかったらなんですけど、これからアニメショップに一緒に行きませんか？」

「え、今からですか？」

アルバイトの後にアニメショップを巡ることはあったけど、今までは必ず、優助も一緒だった。

二人で行こう、と誘われるのは初めてだ。

「私、予約の取り置き分があって……前みたいに、知らない人に声をかけられると怖いので、修二さんが一緒だと、心強いんですけど……」

「あぁ、なるほど……」

夢野さんは頬に手を当てながら、俺の目を見つめ返している。

確かに、もうそろそろ暗くなるし、女性一人だと不安だろう。

何もなければ、ここは付いていく場面なんだけど――俺の心は決まっていた。

「ごめんなさい。この後、特に予定はないんですが……二人きりで行くのは……実は、心配をかけたくない人がいるんです」

はっきりと、恋人がいるから女性と二人きりにはなれない、と言えたらカッコよかった。

でも、それはちょっと恥ずかしくて……俺は、恋人の存在を匂わせる程度の物言いしかできなかった。

でも、夢野さんには、伝わったらしい。

あっ、という顔をした夢野さんは、申し訳なさそうに眉の形を八の字に変えた。

「すみません、無理を言って！」

「いえいえ……！　こちらこそ、ごめんなさい……」

「大丈夫です！　お店には明日、取りに行きますから！」

夢野さんは笑って納得してくれた。

「……修二さん、偉いですね」

「えっ？」

別に褒められるようなことはしていないはずだけど、褒められてしまった。

少し戸惑っていると、夢野さんは「ふふ」と笑う。

でも、気のせいか、その笑顔はちょっと、寂しそうな気配もあって——。

「アニメショップにはまた今度、花山さんと一緒に行きましょうね」

「はい。それなら大丈夫です……！」

そんな会話をしながら、俺たちは駅へ向かう。

この一件以降、夢野さんは俺と一緒にどこかへ行こうと誘ってくることはなくなった。

時折、俺宛てに個人ＲＥＩＮが飛んでくることもあったけど、基本的には、優助もいるグループチャットで連絡をしてくるようになった。
前からそうだったけど、それ以上のことは、俺たちの間にない。

＊＊

そんなこともありつつ、体育祭が終わった後の日々は過ぎていった。
俺は仕事を覚えたこともあって、『スイートピー』へ積極的にアルバイトに向かう。
みらんも、体育祭が終わって身軽になった分、少しアルバイトを増やした。
その甲斐《かい》あって、俺には大きな変化が訪れる。

「……貯金が、増えたっ!!」

部屋の中で通帳を見ながら、思わず呟《つぶや》いてしまった。
通帳の預金残高が、人生の最高値を記録していた。
アルバイトを増やしたから、時間がなくなって買うゲームの本数が減る。

アルバイトを増やしたから、収入が増える。

どちらも、貯金が増える要素にしかならない。

「頑張った甲斐があったなぁ……」

これだけあれば、みらんへの誕生日プレゼントだって買えるはず——。

季節は、もう冬になっている。

クリスマスイブまではあと一ヶ月を切っているけど、間に合ったんだ。

でも、まだ大きな問題が残っている。

「……誕生日プレゼント、何を買えばいいんだ？」

陰キャでオタクな人生を送ってきた男子に、女子へのプレゼント経験なんてあるはずがない。贈ろうなんて考えたこともないし、どういうものを贈るべきなのか調べたことすらない。

ギャル友二人に相談するのが一番手っ取り早いかもしれないが、その前に自分でもちゃんと考えておきたい……。

「アニメやゲームだと、その娘《こ》の好きなものを贈ったりするんだよなぁ……」

あとは、指輪とか？

「……いやいやいや。指輪とか絶対に重いだろ!?」

そんなふうに独り言を呟きながら考えるけど、答えはさっぱり出ない。

そういう時は、ネットの出番だ。

アルバイトについて調べた時と同じように、彼女へのプレゼントについて調査を開始する。

でも、ピンとくるものはなかなか見つけられなかった。

予算に問題がなくなった分、選択肢も増えて、逆に決められなくなったパターンだ。

「何がいいんだろうか……」

一度考え始めると止まらなくなった。

＊＊

翌日。

学校へ向かう俺は、目がバキバキの状態でフラフラ歩いていた。

その途中、コンビニでは『クリスマスケーキ・予約受付中！』なんて紙も貼ってあって……徐々にクリスマスモードに入りつつある光景もまた、疲労状態の俺を焦らせるのだった。

「修二《しゅうじ》、大丈夫？」

教室に入ると、みらんが心配そうに駆け寄ってきた。

「うん。大丈夫……ちょっと調べ物をしてたら、つい徹夜になっちゃってさ……あはは」

「調べ物？　何を調べてたの？」

「それは……」

脳が疲労していてついぽろっと喋《しゃべ》ってしまいそうになったが、グッと堪《こら》える。

「……？」

首を傾《かし》げてくるみらんに、俺は、うまく答えられない。

そんな様子を不思議がって、当然みらんはさらに首を傾げる。

その後、なんとか話題を変えて誤魔化し、事なきを得ることができた。


「みらんの彼ピー」

「ちょっといい～？」

休み時間になると、阿月《あづき》さんと花子《はなこ》さんが俺の席に寄ってきた。

二人はニマニマしながら、ひそひそ声で語りかけてくる。

「彼ピが今日眠たいのってさ、みらんの誕プレで悩んでるからだったりしない？」

「……！　ど、どうしてそれをっ……？」

ギャル友二人には筒抜けらしくて焦った。

「なんでって……」

「バレバレだし～」

二人は嬉《うれ》しそうにしながら、俺にずずいっと迫ってくる。

「で、何がいいか、決まった？」

「てか、予算は？」

「予算は……これくらいで……」

俺は、ギャル友二人に正直な数字を明かす。

もう少し一人で考えたかったが、相談に乗ってくれる二人の好意に甘えることにした。

その方がみらんのためのより良いプレゼントを選べる気がした。

二人はみらんとは凄《すご》く仲が良いし、女子だし、陽キャだ。

俺なんかが一人で悩み続けるより、価値ある答えに導いてくれそうだ。

「へぇっ。彼ピ、バイト頑張ったんだね～」

「そんなに予算あるなら、みらんに渡すプレゼントなんて一択じゃない？」

「えっ？　一択!?　どんなプレゼントがいいの……？」

「そりゃあ……」

こしょこしょこしょ、と二人は俺に囁《ささや》いてくる。

その答えに、俺は飛び上がりそうになるくらい驚く。

「そ、それ、いいの!?」

「逆になんでダメなん？」

「……俺とみらんの関係でそれを贈るのは、そういう意味でしか、なくなるかなと……」

「いいじゃん別に。みらん、絶対喜ぶと思うよ？」

ニッと笑う花子さんに、阿月さんも同調するように頷《うなず》く。

「前に変な噂《うわさ》が流れた時も、これがあったらあんなに焦らなかったんじゃないかなー？」

「それは……一理あるかも……？」

二人のアドバイスを聞いた瞬間は気後れしたけど、不思議なもので、背中を押されるとこのプレゼントしかないような感覚になってくる。

「あ、でも、これって、贈るには色々、みらんに訊《き》かないとだめだよね……？」

「おーっ。彼ピ、よく調べてるじゃんー」

「そこはうちらがみらんから聞き出してあげる。彼ピは、プレゼント選びに集中しちゃいなー」

「……ありがとう！」

ギャル友二人のお陰で、何をプレゼントするかは決まった。

あとは、俺がプレゼントをしっかり選んで……。

「……あの、クリスマスデートのコースも、相談していい……？」

恐縮しながらお願いする俺の様子をギャル友二人は笑いつつ、「おけまるー」と了解してくれた。

＊＊

準備を進めているうちに、あっという間にクリスマスイブは近付いてきた。

……具体的には、もう来週に迫っている。

幸いなことに、準備は無事に終わった。

「……今日こそ、言わないとな」

俺はついに、意を決して、みらんを誕生日&クリスマスデートに誘おうとしていた。

今日は休日だけど、朝、起きた時から精神を集中して、どうやって誘うのが一番いいか考え続けていた。普通のデートではない特別な日だからこそ迷ってしまう。

ああでもない、こうでもない、と悩み続けているうちに、夜になってしまった。

「このままじゃだめだろ!?」

我ながら、臆病で優柔不断すぎる。

このままでは、連絡できないまま一日が終わりそうだった。

「言うぞ……! REINじゃなくて、電話をかけて、誘うんだっ!」

両親は下の階で仲良くテレビを見ている。邪魔は入らない。

自室でスマホを手に取り、俺は、みらんへコールする——直前、ふと思った。

「……誕生日って普通、家族と過ごしたりするんじゃないか?」

すでにお祝いの予定とか決まっていたら、断られるのではないだろうか?

しかも、最近はお互いにアルバイトが忙しく、昼休み以外は接することが減っていた。

そんなことを考え始めると、また緊張がぶり返してきてしまう。

「なんでもっと早く予定を尋ねたかったんだろう……俺」

後悔も湧き上がって、再び考え込んでしまう。

そんなことをしているうちに、時間はさらに遅くなってしまった。

もう眠ってしまっていてもおかしくない。

電話をかけると迷惑になるかもしれないので、俺は仕方なく、いつものようにREIN

で連絡することにした。

大事なデートのお誘いなので、真面目な文言で書いていく。

華月美蘭

みらん、お疲れさまです。本年は例年にない穏やかな年の瀬を迎えておりますが、今年も残すところ、あとわずかとなってしまいました。さて、街がクリスマスのイルミネーションに彩られる季節となりました。12月24日はお誕生日ですので、ご家族とお祝いをするご予定でしょうか。もしも差し支えなければ、みらんと共に、クリスマスの景色を楽しめますと幸いです。ご多忙とは存じますが、お返事、お待ちしております

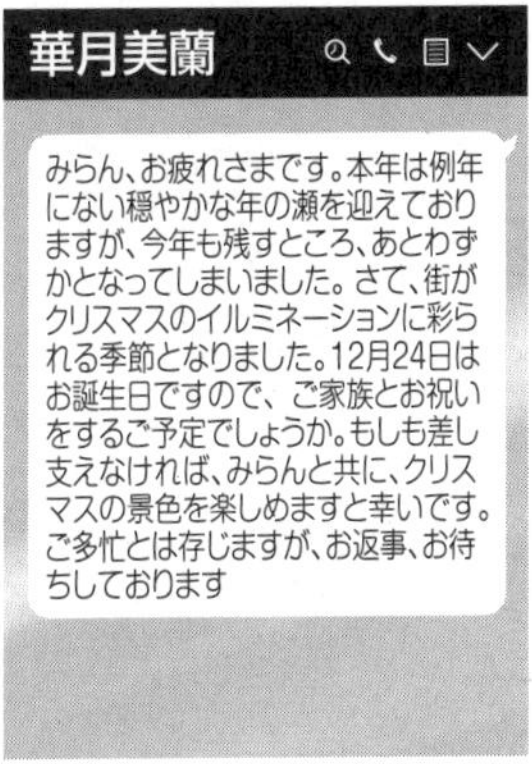

……これで、伝わるだろうか。

「ちょっと遠回しすぎたか……？」

送った後は、もう取り返しがつかない。

もっと考えて送ればよかった……と後悔していると突然、スマホが震え始めた。

「えっあっ、で、電話っ!?」

しかも、画面には「華月美蘭《はなつきみらん》」の文字。

みらんからの電話だった。

「いつもならメッセージで返信が来るのに……っ！」

そんなことを考えつつ、焦りながら電話に出る。

「も、もしもしっ？」

『あっ、修二？　ごめんね、急に電話をかけちゃって』

電話から聞こえるみらんの声は、どことなく嬉しそうだ。

一方、俺は、誕生日にもう予定が入っていて、デートを断られるんじゃないか……と不安でしょうがない。

『ねぇ、さっきのメッセージって、デートのお誘いでいいんだよねっ？』

「う、うん……」

『やったっ！　もちろんオッケーだよ』

「えっ、本当に!?」

『うんっ！　修二が誘ってくれるかもしれないから、って、ずっと空けておいたんだ』

「家族と誕生日のお祝いは大丈夫？」

『別の日にやってもらうから大丈夫！　今年は修二と一緒に過ごしたかったんだ……』

「……っ！」

声だけなのに、破壊力が凄すぎた。

通話中なのに、ベッドの上で転がり悶《もだ》えたくなる衝動に負けそうになる。

『どうしたの？』

「いや……嬉しくて……凄く、嬉しくてさ……」

『なんで二回も言うの。ウケる』

くすくす、と笑うみらんの声が微妙に反響して聞こえてくる。

よく耳を澄ませると、水音も聞こえてくるような……？


話し声が反響して、ちゃぷちゃぷ、という音がする場所といえば……。


いや、まさかな、と俺は自分の推理を否定する。

そんなこと、あるはずがない。

きっと、何か別の事情があるに違いない。

「みらん、今はどこから電話をかけてきてるの？」

『え？　お風呂だけど？』

「ぶっ!?」

あるはずがない、と切り捨てたまさかの答えがみらんから返ってきて、俺は固まる。

『花子と阿月とＲＥＩＮのグループで話している途中に、修二《しゅうじ》から連絡が来て……すごく嬉しくて、電話をかけたんだよ～』

「そ、そう、なんだ……」

なんとか返事はしたけど、俺はそれどころじゃない。

お風呂に入っているなら、みらんは今、裸で……スマホを持ちながら、一糸もまとわない状態で……俺と話を……。

『修二、どうしたの～』

「い、いや、なんでも、ない、ような、そうで、ないような……」

『えぇ～？　あっ、ひょっとして……ふふふっ』

みらんが珍しく、悪そうな、イタズラっぽい感じの笑い声を出した。

『修二～、せっかくだし、このままもうちょっと電話しよ♪』

「えっ、でも、でも……」

『いいからっ♪　さっきね、花子が阿月に～……』

みらんの声は全て反響している。

バスタブの中で姿勢を変えるたびに、水が跳ねる音も聞こえてくる。

ただそれだけなのに、俺はガチガチに緊張して、挙動不審になっていた。

みらんはそんな俺の様子を、凄く楽しんでいるみたいだった。

でも、みらんが話している最中に笑ってくれるのは、やっぱり嬉しかった。

俺は、みらんの気が済むまで話に付き合った。

『そろそろ上がらないと、のぼせちゃうかも……』

「そ、それなら、早く出た方がいいよ」

『うん。そうだね。修二、ありがとう。デート、楽しみにしているねっ♪』

みらんは、誕生日のデートに凄く期待してくれている。

「……明日、もう一度花子さんと阿月さんにデートコースの相談をしてみよう」

次の日から俺は着々とみらんの誕生日に向けての準備を進めていく。

そしてその日は、あっという間にやってきた。

六話　誕生日と告白

12月24日――クリスマスイブ当日。

今日は休日で、学校もない。

アルバイトは事前に休みの届け出をしていたので、デート以外の用事は何もない。

昨晩、緊張と期待感で少し寝付きが悪かったけど、寝不足というほどではない。

部屋に置いてある姿見の前で自分の格好を確認していた俺は、思わず呟《つぶや》く。

「……準備、バッチリだ」

服は、花子《はなこ》さんと阿月《あづき》さんに相談して選んでもらった。

髪の毛も軽くワックスで整えている。

こっちは最近、優助《ゆうすけ》に教えてもらいながら練習してきた。

その成果は出ていると思う。

「あらあら。馬子にも衣装ね」

一階に下りると、母さんが俺を見て呟いてきた。

「……変じゃないかな？」

「悪くないと思うわよ。普段しないオシャレだけど、着られている感が出ないギリギリを攻められているわ。チキンレース大成功ね」

「お褒めの言葉、ありがとう」

気になる言葉はあったが、とりあえずお礼を言う。

今までの経験上、悪い状態ではないことはわかる。

「もう出かけるの？」

「うん。昼前に駅前で待ち合わせなんだけど、早めに出るよ」

「そうなの。寒いから気を付けてね。ちゃんとエスコートするのよ？」

「わ、わかってるよ」

「忘れ物、ない？」

「ないって」

と言いつつ、俺は持ち物をもう一度チェックする。

……みらんに渡す予定の誕生日プレゼントも、ちゃんと持っている。

大丈夫だ。

「修二」

「なんだよっ？」

振り返ると、母さんは真剣な顔をしていた。

「二人の、一生の思い出にしてきなさい」

「……うん」

素直に頷《うなず》くと、母さんはビッと親指を立ててきた。

「……恋愛映画の見すぎだろ」

でも、悪くない気分だ。

家を出るために、玄関で新品の靴を下ろす。

……その時、スマホに電話がかかってきた。

「みらんからかな？」

そう思って画面を見るが、予想は外れた。

画面に表示されていたのは『スイートピー』の文字。

アルバイト先の喫茶店からだった。

「……変だな。今日は用事があるから出られない、ってみんな知っているはずなのに……」

それに、店はまだ仕込みの時間のはずだ。

どんな用件だろう、と思いながら電話に出る。

『あっ!? 修二くん！　よかった、出てくれて！』

電話の主は店長ではなくて、年上の同僚だった。

古株で、店長がいない時はリーダー的な役割を担っている人だ。

『大変なんだ！　店長が……』

「……えっ!?　店長が倒れたぁっ!?」


結論から言うと、緊急事態だった。

朝、『スイートピー』でリーダーと店長が仕込みをしている時、店長の顔色が悪かったらしい。

「倒れないでくださいよ～」「大丈夫大丈夫」と軽口を言い合っていたら、突然、店長が胸を押さえて倒れてしまったらしい。

店長はリーダーに店の仕込みを託して、救急車で病院へ。

病院に駆け付けた家族からの連絡によると、命に別状はないみたいだ。少し休めばよくなるだろう、というのが医者の見立て。

でも、当然、今日は仕事をすることができない。

言うまでもなく、クリスマスイブは繁忙期だ。

店長はアルバイト数人分の仕事を、いつも涼しい顔でこなしている。

その店長がいないとなると――人手が足りなくなるのは、間違いない。

それで、俺にも連絡が回ってきた、というわけだ。

「すみません、今日は大事な用事が……」

『うん。そうだったよね……わかった。ダメ元で連絡したから、気にしないで。他の子を当たってみるよ』

リーダーは用事の前に申し訳ないといった様子で電話を切った。

「………」

スマホを見つめる。

……俺の方は、気楽に出かけられる気分ではなくなってしまった。

今日のデートは、みらんとの大事な約束だ。

仕事は大事だけど、プライベートを犠牲にしてまでやることではない。

それがアルバイトなら、なおさらだ。

「けど……店長にも、『スイートピー』にも、恩がある……」

俺にとって、初めてのアルバイトだった。

振り返れば、最初の頃は全然、役に立てていなかった。

みんな褒めてくれたけど、あれはただ気を遣ってくれていただけで……今だって、みんなのサポートがないとできないことは、たくさんある。

店長みたいに、忙しい時に数人分の働きをして店を回すなんてことは、到底できない。

「高校生の俺でも不自由なく働くことができて……お金を貯《た》められたのは、『スイートピー』だったからで……」

店長や夢野《ゆめの》さん、優助、他の親切な先輩たちの力がなければ、アルバイトは続けられなかったかもしれない。

ネットで見たように、別の職場で大きな心の傷を負う未来だって、あったかもしれない……。

『スイートピー』の大ピンチ。

ここで恩返しをしないのは、薄情ではないだろうか？

「いやっ、でもっ、みらんとの、デートっ……！」

この日のためにアルバイトを頑張ってきた。

寂しい時、辛《つら》い時、気が向かない時もあったけど、耐えてきた。

「でも、恩返しもしたいっ……でもでもっ……ああああぁぁぁっ!!」

ワックスで整えた頭をぐしゃぐしゃかき乱しながら、俺は悩んだ。

悩んで悩んで、悩み続けた。

でも、答えは出ない。選べなかった。

明日地球が滅ぶんじゃないか？　というくらい悩んだのに、どっちが正しいかわからなかった。

そんなことをしていると、時間はどんどん過ぎていく。

どちらか、決めなくてはいけない。

しかし、自分だけではどうしても決めきれなかった俺は――みらんに電話をすることにした。


『もしもし？　修二《しゅうじ》、どうしたの？　ＲＥＩＮじゃなくて電話なの、珍しいね～？』

「ごめん……ちょっと、緊急で相談があって……」

俺は、リーダーから聞いた状況をそのまま、みらんに伝えた。

みらんは驚いて、店長のことを心配してくれた。

命に別状はないと聞いて、ホッとしている。

その後、俺は、すごく悩んでいることを正直に告げた。

「みらんのことが一番大事なのは間違いないんだ。でも、お店にも恩があって……」

『そっか……』

「ごめん、こんな相談しちゃって……」

『ううん。修二は、本当に偉いね』

みらんは優しく言った後、わかった、と続けた。

『そういう事情なら、お店を手伝ってきた方がいいよ』

「えっ!? でも、それだとみらんが……」

『大丈夫！ あたしのことは気にしないで。まだ家を出てないし……あと、実はあたしにも隼人《はやと》さんから電話があったの。花屋さんも忙しくて大変だから、助けに来てもらえないかなって。喫茶店が落ち着くまで、あたしも花屋さんのお手伝いに行ってくるよ。お互い、お店が落ち着いてから連絡を取り合って、待ち合わせしよう？』

みらんの言葉は、最初から最後までずっと優しかった。

いつもそうなんだけど、俺は、みらんの優しさに触れるたびに胸が熱くなって、目の前がぼやけてしまう。

「……ごめんね、みらん。でも、本当にありがとう。終わったら、絶対連絡するから！」

『うんっ。待ってるねっ！ いってらっしゃい、修二っ！』

みらんは明るく、俺の背中を押してくれた。

将来、結婚した時——俺が仕事に行く時、こんなふうに送り出してもらえるのだろうか。

そんな未来を摑《つか》めるように頑張ろう。

俺は、その思いを強く抱きながら、『スイートピー』へ向かう準備を始めた。

『スイートピー』に到着した俺は息を呑《の》んだ。

俺が店に着いたのは昼前だったけど、もう店は満席だった。

いわゆる、ピークタイムと呼ばれる一番忙しい時間がもう始まっていた。

待っているお客さんが名前と人数を書き込むウェイティングボードにも、複数記入されている状態だった。

「あっ、修二!?　来てくれたのか!?」

キッチンで料理を作っていた優助《ゆうすけ》が、俺に気付いて声を上げた。

「うん……！」

「さっき夢野も来たところなんだ！　でも、お前、今日は用事があったんじゃ？」

「とりあえず店が落ち着くまで手伝おうと思って……」

「そうか！　マジで助かる！　早く着替えてホール回してくれ！　料理が冷めちまう！」

普段、キッチンは店長が先頭に立って回している。店長不在の影響が一番出ており、てんやわんやしている。

慌てて更衣室へ入る俺は、素早く着替えを済ませてホールに出る。

ホールも人数不足の影響か、全然回っていなかった。

夢野さんは俺の顔を見ると、びっくりしていた。

「修二さん、どうしてっ……？」

「そ、それは後で！　とりあえず、何をすれば……？」

「お客さんの注文を取り切れてないです！　各テーブルを回ってもらえると……っ！」

手慣れている夢野さんも慌てた様子で働いていた。

……働きながら事情を聞いていくと、ヘルプのアルバイトが到着する前にピークが始まってしまったらしい。

遅れを取り戻すために俺も必死にホールを回していると、続々とヘルプのアルバイトが到着し始めた。

ここから、ようやく立て直せる——とみんな思ったけれど、繁忙期の営業はそんなに甘くなかった。

食事を終えたお客さんの会計を手早く済ませて、席を空ける。

そこに待っていたお客さんを案内する間に、また新しいお客さんが来店して、ウェイティングボードに名前を書いていく。

普通の日なら途切れるはずのお客さんの列が、ずっと途切れない感じだった。

終わるはずの忙しい時間帯が、ずっと終わらない。

そんな状況でいつも頼りになるはずの店長もいない。

みんな、自分の持ち場を守るので精一杯だ。

休憩を回すこともできず、だんだんみんなの疲れもたまっていく。

俺自身も、全く途切れないお客さんの列を見て焦りを感じ始めていた。

「早く、みらんのところに行きたいのに……」

でも、時間はもうお昼の三時に差しかかっている。

ランチタイムは終わったけど、『スイートピー』は喫茶店だからティータイムも忙しい。

全く落ち着く気配がないまま、時間は無情に過ぎていって——。

気が付けば、窓の外はもう暗くなり始めていた。もう、夕方だ。

クリスマスイブだから、ディナータイムにも予約がたくさん入っている。

とても、抜けられそうな状態ではない。

大変なのはみんなも一緒だし、喫茶店の手伝いに来たことに後悔はないけど、みらんのことを想《おも》うと、胸が痛い……。

「修二さん、あの……」

「あっ、ぼーっとしてすみません、夢野さん！　テーブル、片付けてきますね！」

空元気で返事をしつつ、心の中で俺は頭を抱える。

色々準備をしてきたけど、もう、全部台無しだ。

一体、みらんになんて言えば――。

「……こら！　そんなシケた顔しないの、許嫁《いいなずけ》さん」

「へっ？」

仕事中なのに、間抜けな声が出てしまった。

だって、それは今、この場で聞くはずのない人物の声だったから。

「あっ、えっ……？　あ、あなたは……っ？」

お店の入り口。そこに立っていたのは、みらんのお友達。

宮暗《みやくら》ひかりさんだった。

「あ、あなたは……じゃないわよっ！　あんた、いつまでここにいるつもりなのよ！」

「え、いやだって、お店……」

「そんなのいいから！　私が来たから、もう大丈夫！」

ほらほら、とひかりさんは俺の背中を押しながら、スタッフルームの方へ向かっていく。

途中、キッチンにこもりきりだった優助が「ひゅうっ！」と口笛を吹いた。

「修二！　もう何も気にするな！　宮暗さんが来てくれたなら絶対大丈夫だ！　何せ、彼女はキッチンマスターだからなっ！」

「は、はい？」

「自分で可愛《かわい》いケーキ作りたくて、店長に色々教わったってこと。ほらほら、キッチンにいる人たちもホールに出て！　あと、ディナー前に休憩も回していくんだから！　いま休んでおかないと、閉店まで働き通しになるわよ！」

指示を飛ばすひかりさんの登場に、リーダーもホッとした顔をしている。

「ほら、あんたは早く着替えて。みらんのところに行く！」

「は、はいっ！　ありがとうございます！」

スタッフルームに引っ込む前に、みんな、俺にお礼と別れの挨拶をしてくれた。

俺は更衣室に駆け込み、着替えを済ませて、みらんにＲＥＩＮを入れる。

プレゼントの入っている鞄《かばん》を持ち上げて更衣室を出ると、スタッフルームに夢野さんが入ってきた。

「あ、お疲れさまです、修二さん。行くんですか……？」

「はいっ！　夢野さんは、休憩ですか？」

「そうです。ひかりさんに言われて……」

言葉の途中だったけど、夢野さんはとても寂しそうな、切ない顔になった。

「……あの、ちょっとだけ、いいですか？」

「はい？　なんですか？」

「私、修二さんのことが好きです」

「……ん?」

なんだろう。

聞き間違えたかな?

「……えっと、もう一度、言いますよ? 修二さんのこと、好きなんです、私」

「へ? えええぇぇぇえっ!?」

今度は、さすがの俺も聞き逃さなかった。

その場でひっくり返りそうなくらい、俺は驚いていた。びっくり仰天だ。

夢野《ゆめの》さんは苦笑する。

「そんなに意外ですか? 私、結構、わかりやすかったと思うんですけど……」

「えっ、あー、あー、あぁ……っ?」

確かに、言われてみればそれっぽかった気がする。

個別にREINを送ってきたり、二人きりで話そうとしてきたり、二人でアニメショップへ行こうと誘ってきたり……。

そ、そうだったのか……。

でも、俺はすぐに頭を切り返す。

夢野さんのことは嫌いじゃない。

むしろ、大事に思っている。

でも、それはあくまで、友達として……バイト仲間として、だ。

「ごめんなさい、夢野さん。俺には将来を誓う人がいるんです」

「はい。わかっていました。今日も、その人と会う予定だったんですよね」

夢野さんは、にこりと笑みを浮かべる。反応があっさりしていて俺は少し戸惑った。

「実は……ひかりさんをお店に呼んだの、私なんです」

「え、そうなんですか!?」

その事実に俺は驚く。

「修二《しゅうじ》さんが、大切な人のところへ行けるように、と思って……事情を説明して来てもらったんです。ひかりさんも用事があって遠出をしていたそうなので、到着が遅れちゃいましたけどね」

「ひかりさんと夢野さんって、仲が良かったんですか？」

「一緒に働いていた頃に、連絡先を交換していたんですよ。お役に立てましたか？」

「そ、それはもうっ……すみません、ありがとうございます」

頭を下げる俺に、夢野さんは微笑《ほほえ》んでくる。

「でもどうしてわざわざ俺たちのために……？」

ひかりさんを呼ぶことは、ある意味、告白とは真逆の行動だ。

夢野さんはまっすぐに俺を見つめて答えてきた。

「私、修二さんと大切な人のお邪魔をするつもりはなくて、応援したかったんです。今はただただ、自分の想いを伝えたくてお話ししています」

過去を振り返るように言う夢野さんは申し訳なさそうに続けた。

「……個別にREINを送ったり、アニメショップに誘ったのも、一緒にいたい、話がしたい、っていう気持ちが溢《あふ》れちゃったからなんです。……本当に、ごめんなさい」

「あ、それは、別に……」

「大切な人のために私の誘いを断る修二さん、素敵でしたよ。変な話なんですけど、しつこくナンパされて困っているところを助けてもらえた時と同じくらい、トキめいちゃいました。……でも、そういう親切で、勇気があって、強く自分を持っている修二さんを作ったのは、これから会いに行く人なんですよね、きっと」

「……そうだと思います」

「そうですよね。だから私、修二さんが大切に想っている人のことも、尊敬しています。きっと、素敵な人なんだろうなぁ……」

夢野さんは少し遠い目をした後、「あ、いけない」と時計を見た。

「ごめんなさい。引き留めちゃいました！　最後に、一つだけお願いです。これからも、オタク友達でいてくださいね」

「それは、もちろん！　俺からも、よろしくお願いします！」

頷《うなず》く俺に夢野さんは嬉《うれ》しそうな笑みを浮かべた。

「はいっ！　行ってらっしゃい、修二さんっ！　お気を付けて！」

笑顔で手を振る夢野さんに見送られながら、俺は店を出る。

……今の俺を作ってくれた、大切な人。

みらんのもとへ、全力疾走で向かっていく。


みらんからの返信によると、みらんはアルバイト先の花屋さんにいるらしい。

店に着くと、花屋さんの店先は相変わらずお客さんで賑《にぎ》わっていた。

「あれ……どこだろう……？」

……でも、みらんの姿は見えない。

それに、賑わってはいるが手伝いがいるほど、忙しいようにも見えない。

もう、落ち着いた後なんだろうか？

みらんは店の中にいるかもしれないので、店内の様子を確認しに、そうっと入っていく。

「あれ、君は……」

「わっ!?」

目の前に、植木鉢を持った隼人《はやと》さんが、ぬっ、と現れてきた。

「修二くん、来てくれたんだね。よかったよ。アルバイト先が大変だったんだって？」

「は、はい……」

「ふんふん。なるほどねぇ……」

隼人さんは、じっ、と俺を見てくる。

なんとなく動けないでいると、隼人さんは俺に顔を近付けて、そっと囁《ささや》いてくる。

「余計なお世話かもしれないけど、みらんが君に嘘《うそ》を吐《つ》いていたって、こっそり教えるね」

「嘘……？」

「うん。実は、君から電話を貰《もら》った時、みらんはもう家を出ていて、待ち合わせ場所に向かっていたんだ。君も早く来るかもしれないから、ってね」

「えっ!?」

隼人さん曰《いわ》く、みらんが吐いた嘘はそれだけではない。

花屋さんが忙しくて、隼人さんからヘルプの要請が来たというのも、真っ赤な嘘。

全て、俺が『スイートピー』に気兼ねなくヘルプに行けるようにと気遣って考えた作り話だったというのだ。

「見た感じ、君も急いでここまで来てくれたようだから、僕が何かを言う必要はなさそうだ」

隼人さんは優しく微笑みながら、俺の髪を直してくれる。

「でも、これだけは約束してほしい。みらんはね、器用なようで、とても不器用なんだ。君も、きっとそうなんだろうね。……でも、だからこそ気を付けてほしい。みらんのこと、幸せにしてやってくれよ」

「……っ、すみません、俺……」

「謝らなくていいよ。二人で考えた結果なんだから。……よし、髪はこれで大丈夫。早く安心させてあげて。奥の部屋にいるから」

「ありがとうございます！」

俺は改めて隼人さんに頭を下げた。

奥の部屋に行くと、花の手入れをしているみらんの姿が見えた。

入り口に背を向けているから、表情まではわからない。

でも、どことなく、その背中は寂しそうだった。

……そんなふうにしてしまった自分自身を、殴りたい気持ちが湧いてくる。

でも、今は声をかけて、安心させるのが先だ。

「……みらん？」

びくんっ、とみらんの身体《からだ》が跳ねて、そのまま振り返ってくる。

「あっ！　修二っ♪」

みらんは、満面の笑みで俺を迎えてくれた。

鈍感でダメな俺でも、一目で、俺を待ち望んでいたことがわかる変化だった。

さっきの隼人さんの言葉を思い出した俺は、申し訳ない気持ちと感謝の気持ちで胸がいっぱいになってしまう。

「修二？」

「……遅くなってごめん」

「全然だよっ！　お店、大丈夫だった？」

「大丈夫じゃなかったんだけど、店長がいない中、みんなで頑張って……落ち着いてきたから、抜けてきた」

夢野さんに告白されたことや、ひかりさんが助けに来てくれたことは言わなかった。

伝えるとまた、みらんを不安にさせたり、気を遣わせたりするだろうから。

俺はみらんに近付き、その手を取る。

みらんは少しびっくりしていたけど、俺の目を見つめて、俺の反応を待ってくれた。

「だいぶ予定よりも遅くなっちゃったけど、デートに行こう」

面と向かって伝えると、みらんは嬉しそうに笑ってくれた。
俺たちの誕生日デートは、ようやく始まろうとしていた。

外は、すっかり夜になっていた。

クリスマスイブということで、街中はイルミネーションに彩られている。

花屋さんの周りにある店もライトアップされているし、民家の窓も、クリスマスツリーの置物が飾ってあったり、サンタのぬいぐるみが置かれていたりする。

「すごいよ、修二っ！　クリスマスだね！」

「うん」

俺と一緒に歩くみらんは、まるで子供のようにはしゃいでいた。

表情はとても明るくて、いつも以上に素敵な笑顔だった。

一方、俺は完全には吹っ切ることができていなかった。

「みらん、ごめんね……。ランチに行く予定だったお店、行けなくなっちゃって……」

食事以外にも、色々とプランは練っていた。

みらんが好きそうなアクセサリーショップだったり、手芸屋さんだったり、映画館にもラインナップを覗《のぞ》きに行く予定だった。

気になる映画があれば、一緒に見るつもりだった。

「ううん。いいんだよっ！　店長と喫茶店が無事でよかったし……それに、今年は修二《しゆうじ》と一緒に居られるのが嬉しいんだ〜。去年は、修二をどうやったら誘えるかな、って考えるだけで、冬が終わっちゃったしね」

「そうだったんだ……それだったら、去年も誘ってくれたらよかったのに」

「でも、いきなり誘っちゃったら、修二は困ってなかったかな？」

その言葉に俺は苦笑してしまう。

「……困ってたかも」

え、なんで急にこんな美人な陽キャギャルが俺に……？

あ、そうか、罰ゲームだな！

なんて勘違いをするのが簡単に想像できてしまった。

「そうでしょ？　だから、去年は我慢したんだよ」

くすくす、と笑うみらんは、やっぱり可愛《かわい》い。

「修二は、あたしとクリスマスイブを過ごせて楽しい？」

「それは、もちろん！　人生で最高のクリスマスだよ」

「そっかぁ♪　ふふっ、よかった」

最近はアルバイトでデートをする機会が減っていたから、特にそう感じる。

その後も、みらんと俺はクリスマス仕様の街中をのんびり歩いた。

ただ歩いているだけだったけど、みらんは何かを見つけては俺を呼んで、楽しそうに笑ってくれた。

予定が全部吹き飛んで、みらんを退屈にさせてしまうんじゃないかって不安があったんだけど、そんな様子はまるでない。

こっそり、俺はホッとしていた。

「あっ、なんか、あそこで可愛いの売ってる！　少し見てもいい？」

「うん、行こう行こう」

俺たちはしばらくの間、クリスマス限定のキャラグッズを売っているお店に立ち寄ったり、ウィンドウショッピングをしたりして楽しんだ。

「ん～どこかいいお店ないかな……」

みらんとお店を巡る中、俺は辺りのレストランをちょこちょこ確認していた。

予定が吹き飛んでしまったからこそ、ディナーでフォローしたい。しかしながらも、オシャレなレストランはほとんど満席だった。『スイートピー』ですらそうだったので、当然と言えば当然だ。

アクシデントがなければ夜になる前には帰る予定だったため、ディナーの予約を考えていなかった過去の自分が悔やまれる。

「修二、何か探してるの？」

かなりキョロキョロしてしまっていたらしい。

みらんが俺を見て首を傾《かし》げてきた。

「いやあの、せっかくだから晩ご飯一緒に食べようかなって……」

「お店探してくれてたんだ！」

「うん、ただ結構お店満席みたいで……もう少し待ってて、いいお店探すから……！」

重ね重ね面目ないと小さくなる俺に、みらんは明るい顔であるお店を指差した。

「あのお店とかどうかな？　料理メニューもあったよね！」

みらんの指差した先。

それはなんてことのないありふれたチェーン店のカフェだった。

「料理はあると思うけど……」

口をつぐんでしまう俺。

悪いお店ではないけれど、特別な日のディナーで行くお店かと問われたら難しいところだ。実際にお客さんも少ない。

すぐに入れるけれど、その提案に素直に乗るほど俺は愚かではない。

「みらん、あのお店でいいの？」

「うん！」

「もっとオシャレなお店探すよ……？　今日は特別な日だしさ」

お店を探そうとする俺の腕をみらんは引っ張ってきた。

「修二と一緒にご飯食べられたら、どこでも特別な場所になるの。行こ行こ！」

「みらん……！」

そのみらんの言葉に俺は違う意味で言葉を失ってしまう。

俺だってそうだ。みらんと一緒ならどこでも特別な場所で……。

「ありがとう……みらん」

俺は大切な許嫁《いいなずけ》の配慮に申し訳なさを抱きながらも、感謝の想《おも》いを口にする。

そのまま俺とみらんは、ありきたりなカフェに入りクリスマスディナーを食べたのだった。


ディナーの後、俺とみらんは再びウィンドウショッピングをしながら、クリスマスの街並みを楽しんで散歩をしていた。

外は寒かったけど、可愛いみらんと一緒に歩くだけで胸がドキドキする。そのせいか、全然寒さを感じない。

気の済むまで散歩を楽しんだ後、俺はみらんを近くの公園に誘った。

この時期になると毎年、派手なイルミネーションで彩られる大きめの公園だ。

「順路になっている入り口の方は混むんだけど、脇道から入ると、静かで穴場だって花子《はなこ》さんと阿月《あづき》さんから教えてもらったんだ。ベンチもあるから、休むのにもちょうどいいんだって」

「いいねっ！　行こう行こうっ♪」

みらんは俺の手を握って、早く早く、とせがむ。

教わった通りの道順で進むと、無事に公園の敷地内に入ることができた。

遠くにはイルミネーションが見えるけど、人はあまりいない。

確かにこれは穴場だ。

「すごい……綺麗《きれい》だよ、修二」

「うん。二人に感謝だね」

俺たちは適当なベンチを探して、腰を落ち着かせる。

店を出てから歩き通しだったから、座れる場所があるのはとても有り難い。

みらんは空を見上げて、はぁっ、と気持ちよさそうに息を吐《つ》いている。

「毎年思うんだけど、なんか、クリスマスって雰囲気がいいよね。みんな楽しそうで、すごくワクワクするんだ」

「うん。わかる」

「修二もそうだった？」

「俺は……ゲームをプレゼントされるのが嬉《うれ》しくて、ワクワクしてたかな……」

「お料理とかケーキよりも、ゲームだったんだ？」

「それも楽しみだったんだけど……一番はゲームだったかな」

「ふふ、そうなんだ。サンタさんからのプレゼント、楽しみにしてたんだね」

「それが楽しみで、クリスマスだけは凄《すご》く早く寝てたよ」

「あはは。可愛いなぁ、ミニ修二っ♪　あたしも、新しいお人形さんとか、おままごとセットが貰《もら》えるから楽しみにしてたよ。大きくなってからは、新しい服だったりしたなぁ」

懐かしむように言うみらんは、少し憂い顔をして口を開いた。

「クリスマスは毎年楽しみだけど、来年は受験だから……今年みたいには遊べないよね……」

「そうだね……今年とは、きっと全然違う過ごし方になるね」

来年の話が出たところで、俺は、今後についてみらんに話しておこうと思った。

「みらん。俺さ、今のアルバイト、辞めるか、減らそうと思っているんだ」

「えっ？　せっかく慣れて、楽しそうだったのに……？」

「うん」

「どうして？」

「前から考えてはいたんだ。アルバイトはお金も貯《た》まるし、楽しさはあるんだけど……みらんと接する時間が減っているのが嫌なんだ」

「……っ！」

「それに、みらんと同じ大学に行くなら、来年は勉強しないといけない。あと、アルバイトを始めた目的も達成できたしさ」

「……目的？」

　みらんは可愛らしく、小さく首を傾げる。

　そのみらんを見つめる俺は、無言でベンチから立ち上がった。

「俺……『これ』をみらんにプレゼントするために、アルバイトを頑張ってたんだ」

　鞄《かばん》から小さな袋を取り出して、包装を解《ほど》く。

　袋の中から出てきたのは、小さな箱だ。

　母さんは、今日を俺たちにとって一生の思い出にしてきなさい、と言ってきた。

　俺も、そのつもりでずっと用意してきた。

　だから、ちょっとでも背伸びして、カッコよくキメないと。

　緊張気味のみらんの前にひざまずいて、小箱を差し出す。

　開いて——中に入っている指輪を見せた。

「えっ……これって……」

　みらんのギャル友二人に相談しながら選んだ指輪だ。

驚いて、両手で口元を覆うみらんに、俺は、はっきり告げる。

「華月美蘭《はなつきみらん》さん。大好きです。俺と将来結婚してください」

精一杯のキメ顔を意識して、噛《か》まないように、一言一句、力を込めて、はっきり言えた。

親同士が決めた意味合いの強い許嫁じゃなくて、俺は、自分の意思で初めて、みらんに将来の結婚を申し込んだ。

みらんの、反応はというと——。

「…………」

「…………」

「…………」

「……あの、みらんさん？」

「…………」

「えっと……あの、その……みらん——？」

数秒間、固まっていたみらんの目から、突然涙が落ちる。

そうするとさらにボロボロと涙が溢《あふ》れ出してきて、みらんは泣き崩れてしまった。

「え、え、え？　みらん？　みらんっ!?」

一世一代の大勝負と思ってキメていた俺だったけど、この反応はあまりに予想外すぎた。

完全に化けの皮がはがれて、俺は元の陰キャに戻ってしまう。

「そ、そんなに嫌だった!?　そうだよねごめんね!?　いきなりこんな重いプレゼント贈られても、困――」

「違うよっ。そうじゃなくって、嬉しくて……っ」

みらんは泣きながら言ってくる。

「修二《しゅうじ》、慌てさせちゃってごめん」

「いや、そんな……」

「大丈夫。びっくりしたのもあるんだけど、それ以上に、本当に嬉しくて……だって、修二の方から初めて、将来のこと……」

しばらく泣き続けるみらん。

その間俺は挙動不審を極めていたが……ただ、みらんがそこまで喜んでくれていることに胸が熱くなっていた。

「泣いちゃって、ごめんね……」

ようやく涙が収まるみらん。

涙を拭うみらんは笑顔で、俺に左手を差し出してきた。

「はめてくれる？　薬指に……」

「……！　も、ももっ、もちろん！」

俺はみらんの手を取る。

でも、緊張と焦りと照れで、工事現場の削岩機みたいにガクガクに震えてしまっていた。

「もう、慌てすぎ～っ！」

「あ、あはは……ごめん」

みらんは楽しそうだ。

俺もつられて笑ったお陰で、少し緊張がほぐれた。

どうにか、指輪をみらんの薬指にはめてプレゼントすることができた。

「素敵……サイズもぴったりだよ」

「よかった。花子さんと阿月さんに協力してもらって、みらんからサイズを聞き出してもらえたから……」

「あっ、そっかぁ」

心当たりがあったらしく、みらんは、ぽんっ、と両手を合わせる。

そんな仕草も可愛《かわい》い。

……イルミネーションの光を受けて、指輪がキラリと光っていた。

凄く、よく似合っている。

「人生で一番のプレゼントだよ、修二♪　ありがとう。一生、大事にするね」

「……うん。よかった」

「ああ～、でも、どうしよう。困ったなぁ」

「な、何が？」

「あたしからもプレゼントがあるんだけど、修二が指輪を用意しているなんて思ってなかったから、全然釣り合わなくなっちゃった……」

みらんは苦笑いしながら、鞄から赤いリボンがついた包みを取り出す。

「どうぞっ」

「あ、ありがとうっ！　開けてもいい？」

「うんっ」

普通に開けようとするが、陰キャでボッチオタクな人生を送ってきた俺は、またまた緊張と嬉しさで手をブルブル震わせてしまう。

でも、さっきよりはマシだから、ちょっと成長している！

「それ、わざとやってるの？」

「違うんだっ。手が、勝手に……嬉しすぎて……」

「修二って、いつも面白いね」

みらんがくすくすと笑ってくる。幸せいっぱいの雰囲気の中、生まれて初めて女の子から受け取ったクリスマスプレゼントを開封していく。

リボンを丁寧に解いて、包装紙を取り去ると、ふわっとしたものが指先に触れた。

「こっ、これはっ……マフラー？　も、もしかしてっ!?」

「うんっ。手編みだよ。応援団の練習が終わった後くらいから編み始めたんだ～」

「おぉぉおっ……」

「……嬉しい？」

「当たり前だよ！　みらんみたいな美少女から……しかも好きな人から手編みのマフラーを貰って喜ばない陰キャがいるだろうか？　いや、いないっ！」

ついオタクな言い回しで喜びを伝えてしまったけど、みらんはまんざらでもなさそうだった。

俺は大喜びで、貰ったばかりのマフラーを首に巻いていく。

「これは……ふわふわだけど、シルクのようにすべすべもしていて、さながらみらんの優しさに包まれているが如《ごと》く……まったりとした、良い暖かみが……満点だね！」

「喜んでもらえて、よかった～。ホッとしちゃった」

俺は首に巻いたマフラーを何度も撫《な》でさすりながら、再びみらんの隣に座り直す。

周囲をよく見回すと、カップルの姿もちらほら見えた。

……俺とみらんも、ちゃんと恋人同士に見えているだろうか？

いや、誰がどう言おうと、どう見られようと俺とみらんは恋人同士だ。

ふと視線を感じてみらんの方を向くと、みらんが何か言いたげにこっちを見つめていた。

「……あのね、修二。実は、あたしもアルバイトを減らそうと思っていたんだ」

「そうなの？」

「うん……。だって、アルバイトと応援団で忙しかった間、修二といられる時間、全然なくて寂しかったんだもん」

みらんは下を向いて、所在なげに足をぶらぶら揺らす。

「あたしね、修二が喫茶店で働く姿を見て、修二がどんどん遠くへ行っちゃうんじゃないかって不安だったんだ」

「えっ、俺が!?」

「そうだよ。だって修二、すごく頑張ってたし、カッコよかったし……なんかキラキラしてて、輝いてるように見えたんだ」

みらんの言葉を聞いて、もの凄く驚いた。

……その感情は、俺が応援団の練習や、花屋さんで働くみらんの姿を覗《のぞ》き見に行った時に感じたものと全く一緒だったから。

「それで、あたしも何かしなきゃ、置いていかれたくない、ってアルバイトと応援団を頑張ろうって思ったの。……どんどんすごくなっていく修二に置いていかれないように……いつか、修二のお嫁さんになっても恥ずかしくないようにって。でも、修二のために始めたのに、実際は修二と一緒にいられなくなって寂しくなるなんて、おかしいよね？……本当に、すごく寂しかったんだよ」

みらんの話を聞いていた俺は、強く強く、みらんに共感していた。

俺と同じように、みらんは焦って、寂しい思いをしていたんだ。

少し前まで、みらんが遠くに行ってしまったような気がして悩んでいたけど……そんなことはなかった。

みらんはずっと、俺と同じことを感じて、考えていた。

その事実に、俺は物凄《ものすご》く安心していた。

「俺も、凄く寂しかったよ……みらんが応援団でも花屋さんでも大人気で……俺には届かない遠いところに行ってしまいそうな気がしていたんだ……」

「えっ!?　そうなの!?」

それから、俺たちは互いの近況について、心境を交えて報告し合った。

いつの間にか、ベンチで寄り添い合い、手も繋《つな》いで、今までの空白を埋めるように話し続けた。

「……あたしたち、知らない間にすれ違っちゃってたんだね」

「うん。凄く近くにいたのに……不思議だね」

「でも、これからはもう大丈夫だよね？」

静かに頷《うなず》くと、みらんは嬉しそうに微笑《ほほえ》んでくれた。

それからしばらくして、みらんは「あ、そうだ」と何かを思い出したように口を開いた。

「大事なことを忘れてた。さっきのお返事、今、するね」

みらんは俺の耳元に顔を寄せてくる。

吐息が耳にかかってドキドキする俺に、そのままそっと囁《ささや》いてくる。

「あたしも、修二が大好きです。将来、お嫁さんにしてください」

……こうして、俺たちが許嫁《いいなずけ》として迎えた、初めてのクリスマスイブは無事に終わった。

一生忘れることのない思い出となった。

クリスマスから一ヶ月ほど経《た》った。

年末、お正月はお互いの家族を含めて、みらんと交流する機会があった。

体育祭で昼ご飯を食べた時と同じ感じだったのだけど、あの時よりも、俺は余裕を持ってみらんと接することができた。

みらんの薬指にはプレゼントした指輪が光っていて、俺はそれを見るたびに気恥ずかしくなる。でも、みらんは本当に幸せそうに指輪を事あるごとに見るので、頑張ってプレゼントしてよかったと思った。


「……羨ましいよなぁ。どいつもこいつも、カップルでよぉ」

『スイートピー』でのアルバイト中、キッチンで働く優助《ゆうすけ》が俺に小声で愚痴ってきた。

クリスマスでカップルが増えるせいか、喫茶店のお客さんは恋人同士で来店する人の割合が増えている。

「もう少しでバレンタインだし……あ〜っ、羨ましっ！」

「優助は学校でチョコ貰《もら》えそうな雰囲気してるけど？」

「ないない。そんなおいしいイベント、生きてきて一度も縁がねぇよ」

そういうものなのか。

パッと見、陽キャに見える優助にも、色々あるらしい。

「でも、今年は夢野《ゆめの》に頼めば義理チョコくらいは貰えるかもな〜。あとでＲＥＩＮしとこ」

そういえば、優助は普通にアルバイトを続けているが、夢野さんは受験に集中するため、『スイートピー』のアルバイトを辞めた。

なので、夢野さんとは、三人揃《そろ》っているグループラインでたまに会話する程度の関係になっている。

俺自身も、アルバイトをする日数はかなり減らしてもらっている。

プレゼントの資金を貯《た》める時は入れるだけシフトに入っていたけど、今は多くて週に二日程度だ。

みらんも隼人《はやと》さんに相談して、似たような日数に変えてもらったそうだ。

時間にだいぶ余裕ができたことで、俺とみらんは以前のようなすれ違いを起こさなくなって、仲良くやっている。


でも、余裕がある日々かと言えば、そうでもない。

アルバイトがない日は、大学受験に向けた勉強が待っている。

＊＊

そんなわけで今日はアルバイトがない日だ。

放課後に、勉強会を兼ねたデートの予定が入っている。

当然、二人きりの予定……だったんだけど、なぜか集合場所のファミレスに行くと、いつものギャル友二人も待っていた。

「ごめんねー、みらんの彼ピー」

「でも、うちらも期末ちょっとやばくてさ～」

とのことらしい。

女性が三人集まると賑《にぎ》やかになる、みたいなことわざもあるように、ギャルが三人集まると、とても賑やかだ。

そんな中、俺は落ち着いて勉強を——できるような奴《やつ》なら長年、陰キャもオタクもやっていない。

「彼ピ、ドリンクバー行くの？　ついでに取ってきてくれない～？」

「さっき取ってきたのが阿月《あづき》さんと花子《はなこ》さんの分だよ」

「え、マ？　そうだったん？　彼ピめちゃ飲むじゃ～ん、とか思ってたｗ」

「……ごめん。わかりにくかったよね」

ペコペコしていると、ギャル友二人は笑う。

「親切にしてくれてるんだから謝る必要ないってば～」

「ね～。マジウケるｗ」

そんな二人のツッコミに、みらんも笑う。

みらんを見つめると、ふと目が合った。

……俺の性分は変わらない。

たぶん、このまま一生、陰キャを地で行くキングオブ陰キャだ。

でも、今の俺は昔のようなぼっちの陰キャではない。

将来を誓い合っている大切な人がいる。

その人が、俺のことを理解して、一緒に歩んでくれている。

そんな理想の相手が隣にいる、充実した陰キャにジョブチェンジしたのが、今の俺だ。

世界一素敵で大事な――ギャルの許嫁のいる俺は、これからたとえどんなことがあったとしても乗り越えていけると確信できた。

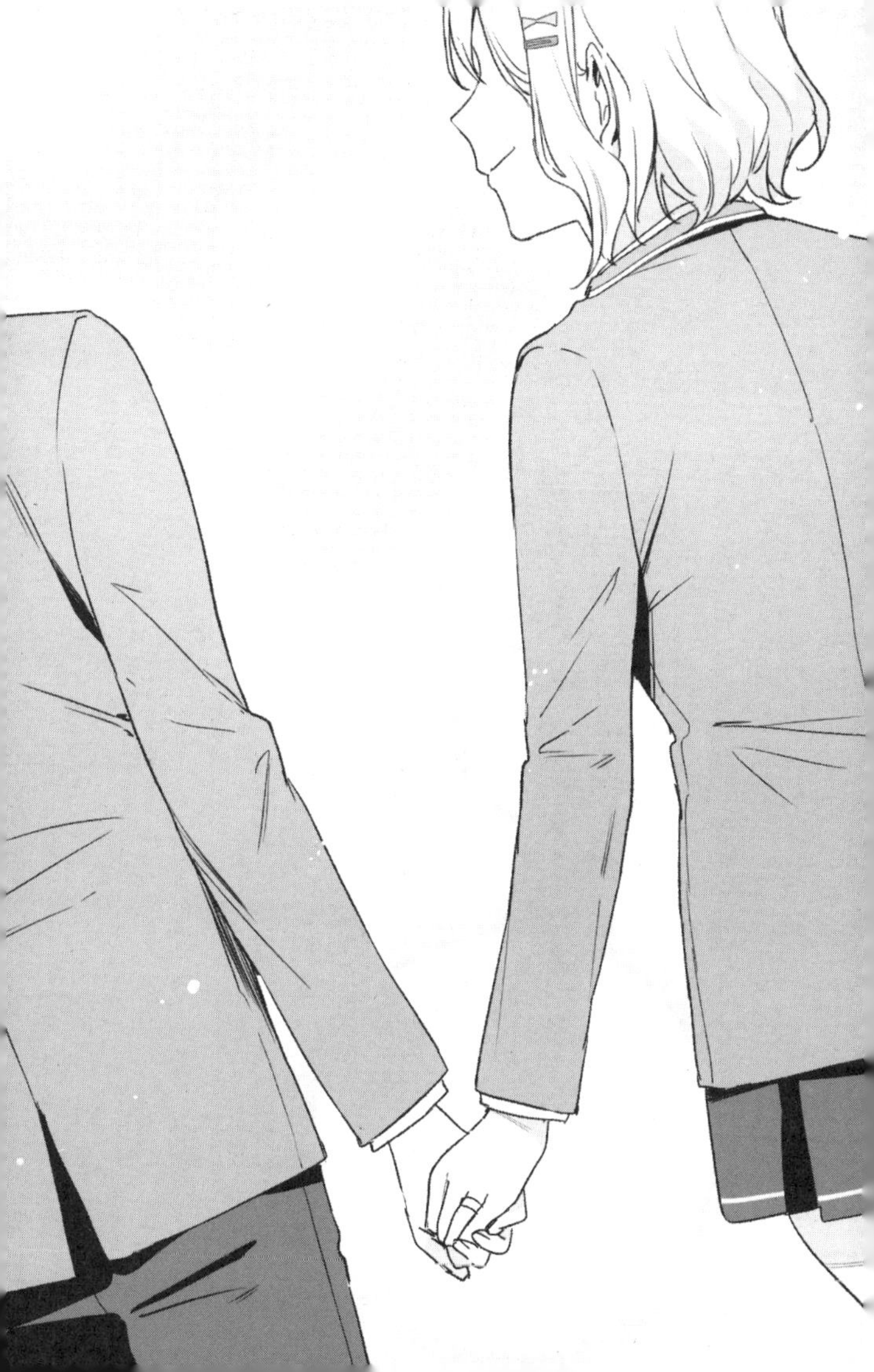

あとがき

第三巻をお手に取ってくださりありがとうございます。大変お待たせしました！

学校という環境から社会に出る第一歩として、アルバイトを経験する人は多いかもしれません。その時に初めて、お金を稼ぐ大変さや嬉《うれ》しさ、社会の厳しさや充実感を学んだりするわけですけども……私も実際、初めてアルバイトをした日は、緊張で足が震えたのを覚えています。しかしそのお陰でとても成長できたことも覚えています。

今回、みらんのためにアルバイトを始めた修二ですが、それによってまた一歩成長や変化があったと思います。そもそも「ギャルの許嫁《いいなずけ》ができた」ということが大きな環境の変化だったので、その時点で修二が変わっていくことは約束されていたのかもしれません。

そんな変化がどうこうの話をしたところで、この「ギャルの許嫁」シリーズの大きな変化と言いますか、告知をさせていただきます！

コミックＮｅｗｔｙｐｅにて窪茶《くぼちゃ》先生による「ある日突然、ギャルの許嫁ができた」の漫画連載が始まりました！　元々、動画漫画発祥のこのシリーズですが、小説版を経て、この度、漫画になることになりました。ぜひ、漫画版も読んでいただけたらと思います！

最後に謝辞を。

イラストのなかむら先生、キャラクター原案のまめぇ先生、いつも素晴らしいイラストをありがとうございます。

いつも根気強く丁寧に付き合ってくださる担当の編集者様と、オーバーラップ文庫の編集部の皆様、またこの本が出るまでに協力してくださった皆様に深く感謝申し上げます。

特に、一巻からずっと応援してくださるあなたに最大の感謝を――。

泉谷一樹

作品のご感想、
ファンレターをお待ちしています

あて先

〒141-0031
東京都品川区西五反田 8-1-5 五反田光和ビル4階
ライトノベル編集部
「泉谷一樹」先生係／「なかむら」先生係／
「まめぇ」先生係

OVERLAP

ある日突然、ギャルの許嫁ができた 3

発　行　2024年4月25日　初版第一刷発行

著　者　泉谷一樹
発行者　永田勝治
発行所　株式会社オーバーラップ
〒141-0031　東京都品川区西五反田 8-1-5
校正・DTP　株式会社鷗来堂
印刷・製本　大日本印刷株式会社

Printed in Japan　ISBN 978-4-8240-0792-6 C0193

オーバーラップ文庫
幼馴染たちが
人気アイドルになった
甘々な彼女たちは俺に貢いでくれている
私／アタシが
一生養ってあげるから!
平凡な高校生、葛原和真には2人の幼馴染がいる。それは、大人気アイドルグループ「ディメンション・スターズ!」のメンバー、小鳥遊雪菜と月城アリサ。彼女たちがアイドルになったのは、和真を養うためで!?　幼馴染のアイドルと送る、貢がれ甘々の青春ラブコメ!
著 くろねこどらごん　イラスト ものと
シリーズ好評発売中!!

オーバーラップ文庫
ネトゲの嫁が人気アイドルだった
~クール系の彼女は現実でも嫁のつもりでいる~
My wife in the web game is a popular idol.
「私たちは恋人じゃないわ。——夫婦よ」
「えっ?」
同級生のアイドルはネトゲの嫁だった!?
悶絶必至の青春ラブコメ!
ごく平凡な男子高校生の俺・綾小路和斗には嫁がいる——ただしネトゲの。今日もそんなネトゲの嫁とゲームをしていたら、『私、水樹凜香』ひょんなことから彼女が、憧れだった人気アイドルだと発覚し!? クールでちょっと愛が重い『嫁』と過ごす青春ラブコメ!
著 あボーン イラスト 館田ダン
シリーズ好評発売中!!

第12回 オーバーラップ文庫大賞
原稿募集中!
イラスト:じゃいあん
【締め切り】
第1ターン 2024年6月末日
第2ターン 2024年12月末日
各ターンの締め切り後4ヶ月以内に佳作を発表。通期で佳作に選出された作品の中から、「大賞」、「金賞」、「銀賞」を選出します。
その物語は、きっと誰かが好きな物語。
【賞金】
大賞…300万円
(3巻刊行確約+コミカライズ確約)
金賞……100万円
(3巻刊行確約)
銀賞………30万円
(2巻刊行確約)
佳作………10万円
投稿はオンラインで! 結果も評価シートもサイトをチェック!
https://over-lap.co.jp/bunko/award/
〈オーバーラップ文庫大賞オンライン〉
※最新情報および応募詳細については上記サイトをご覧ください。
※紙での応募受付は行っておりません。